◈ 소년아동 편 ◈

연변동서방문화연구회 편찬

인물조선족항일투쟁사

제 4 권

◆ 소년아동 편 ◆

연변동서방문화연구회 편찬

인물조선족항일투쟁사
제 4 권

리광인 · 림선옥 著

한국학술정보(주)

세계 반파쇼 승리 60돌에 즈음하여 일본침략자들과 싸우다 쓰러진 항일선열들에게 삼가 이 책을 드린다!

서 문

김 병 민

(연변대학 총장, 교수, 박사)

2001년 봄인가 제자 류연산 씨의 장편기행문 『혈연의 강들』 재판본에 서문이라고 써준 바가 있다. 이태 만에 또 제자 리광인 씨의 청탁을 받고 『인물 조선족항일투쟁사』(전 4권) 서문을 쓰게 되니 감개가 무량하다. 그것도 역사학부출신도 아닌 조문학부졸업생이 성과작들을 내게 되니 더욱 그러한 가 보다.

내가 리광인 씨와 인연을 맺게 된 것은 20여 년으로 거슬러 올라간다. '문화대혁명' 후 대학시험제도가 회복될 때 나는 연변대학 조문학부의 선생이었다. 1978년 10월에 조문학부 78년 급(대학시험제도 회복 후의 두 번째 기) 학생들이 입학한 후 나는 이들의 담임교원을 맡게 되었다. 그때 반급에는 리광인이라는 학생이 있었는데 나와 불과 몇 해 연하였다. 헌데 어딘가 얼굴에 그늘이 질 때가 한두 번이 아니었다. 알고 보니 그는 1976년 가을에 뜻하지 않은 '억울한 사건'으로 무르익던 입당은 고사하고 공청단조직에서까지 쫓겨나고 거듭되는 비판, 투쟁 끝에 한시기 유치장신세까지 져야 했었다. 대학에 입학한 후 여러모로 '신소'했으나 해당 부문에서는 알은체도 하지 않았다. 알고 보니 기막

힌 일이었다. 앞길이 창창한 20대 젊은이에 대한 무단적인 결론
은 나를 분노케 하였다. 그래서 나는 그 시절 대학 공청단위원회
서기로 뛰던 로동문 선생을 찾았고 공청단 연변주위(延邊州委)를
찾았다. 드디어 리광인 씨는 억울한 누명을 벗게 되고 명예를 회
복하게 되었다. 늦게야 공청단원마크를 다시 달게 된 리광인 씨
는 나를 찾아 거듭 감사를 표시하였는데 20여 년이 지난 오늘까
지도 내내 잊지 못해하고 있다.

　나와 리광인 씨의 유다른 인연이라 하겠다. 그 뒤 내가 받은
강한 인상이라면 리광인 씨는 조선족항일역사소설을 쓰겠다며 역
사공부에 손을 댔다가 너무 깊숙이 빠져버렸다는 것이다. 작자의
허구에 의한 역사소설이 아니라 진실한 역사를 쓰겠다는 것이 리
광인 씨의 소신이었다. 그러던 그는 과연 대학 재학시절에 벌써
항일인물과 이야기를 써서 척척 신문, 잡지와 책들에 발표하기
시작하더니 대학을 졸업한 후에는 연변 일보사 기자로 뛰다가 아
예 연변역사연구소로 넘어가 조선족투쟁사연구에 몸을 잠군 것이
었다.

　그로부터 10년 세월이 흐른 1992년, 대학 졸업 10돌 때 보니
리광인 씨는 중국국내는 물론 멀리 일본과 조선까지 드나들며 국
제학술세미나와 교류에 뛰어들었고 발표한 논문과 역사소재 글은
무려 100여만 자에 달해 동기 동료와 선후배들 가운데서 탄탄한
실력을 과시하고 있었다. 하여 원 연변대학 조문학부 주임 현룡
순 선생은 1994년에 연변대학 조문학부가 걸어온 45성상을 한부
의 걸작 『겨레의 넋을 지켜』(42만여 자)로 펴내며 조문학부 제25
기생(즉 78년 급)을 서술할 때 성과가 뛰어난 몇몇 학생들을 언
급하면서 리광인 씨는 "조선족역사연구에 달라붙어 숱한 항일이

야기를 써낸" 학생이라고 지적한 바가 있다. 한데서 리광인 씨는 중급직함도 동년배들 이르게 받았고 역사연구 분야의 인정을 받고 있었다. 그러던 리광인 씨가 사단법인 조선민족역사연구소를 꾸리겠다고 직장에 적을 두고 나오더니 거의 10년 간 소식이 끊기었다. 이를 두고 리광인 씨를 알고 있는 교수, 학자님들이나 동료들은 아쉬움을 금치 못하였다. 그래도 명색이 담임교원이라는 나도 아쉽기가 그지없었다.

그러던 2003년 10월 17일, 연변민간문예가협회 제7차 대표대회가 연길호텔에서 성황리에 열리었는데 이 대표대회 주석단손님으로 초대된 나는 우연하게도 협회부비서장으로 뛰는 리광인 씨를 만나게 되었다. 그는 또 사단법인 중국조선민족사학회의 부비서장이기도 했다. 오랜만의 상봉이었다. 리광인 씨는 이번에 한국서 여러 권의 조선족역사저서를 펼치게 된다면서 먼저 출판하게 되는 인물편인 『인물 조선족항일투쟁사』(도합 4권)서문을 부탁하는 것이었다. 그와 이야기를 나누면서 나는 비로소 리광인 씨가 '잠적'한 10년 사이 거의 10권에 달하는 저서를 집필하였다는 것을 알게 되었다. 대학졸업 20년 중 전 10년에 이미 조선족역사글 100여만 자를 정리, 발표했다면 '하해'(下海)한 후 10년간에는 전 10년의 100여만 자를 훨씬 능가한 알찬 성과를 거두게 되었는데 나는 그의 헌신적 노력에 탄복하지 않을 수 없었다.

『인물 조선족항일투쟁사』는 남성 편 상하권, 여성 편, 소년아동 편 도합 4권으로 무어졌는데 여기에 오른 항일열사는 무려 130~140명에 달한다. 내가 알건대 지난 80년대 이후 20년간 중국 경내에서 정리, 발표된 겨레항일 열사전기가 180명 좌우에 달하는데 이번에 출판되는 전 4권까지면 항일열사전기 발표는 도합

240여 명이다. 그중 140명 전기가 리광인 씨 혼자의 힘으로 이루어졌다. 후세에 이름도 없이 쓰러질 뻔했던 조선족항일열사 140명을 단신으로 살리고 햇빛을 보게 하였다는 것은 그야말로 기적이 아닐 수 없다. 나는 뒤미처 이를 알고 내심의 기쁨을 금할 수가 없다. 지금은 중년에 들어선 리광인 씨와 같은 이런 제자들이 조선족역사연구를 망라한 여러 분야의 중임을 떠메고 나간다는 것이 또 얼마나 다행인지 모르겠다.

지금 중국조선족역사연구는 모진 진통을 겪고 있다. 새 일대 연구일군들이 고갈되고 있다면 조선족역사에 관심을 두는 이들이 갈수록 적어지고 있다. 이러한 때 『인물 조선족 항일투쟁사』(전 4권)가 출판 된 다는 것은 기꺼운 일이 아닐 수 없다.

민족의 정신은 민족의 역사 속에서 숨쉬고 그것은 역사를 새롭게 창조하려는 지성인들에 의하여 이어지고 있다. 민족의식의 함양과 고양에 있어서 역사교육보다 더 유력한 것은 없을 것이다. 나는 이 책들의 출판을 진심으로 축하하면서 격변기의 진통을 겪고 있는 조선족역사연구에 생기와 활력을 부여하기를 희망한다. 한편 리광인 씨가 조선족역사연구에서 보다 큰 성과를 거두기를 기대하면서 자라나는 우리 후배들이 이런 책들을 읽으면서 건실히 성장하기를 간절히 바라마지 않는다.

차 례

서 문 / 5

붉은 넥타이 팔락인다 / 11

꼬마 홍광 / 18

피눈물의 나날 / 27

'돼지몰이꾼' 소년 / 30

'종달새' 소녀 / 34

반석이 낳은 아동단원 / 42

약수동의 애솔나무 / 49

불굴의 소녀 / 54

비암산의 진달래 / 62

룡남이와 명숙이 / 68

목숨이 지닌 순간까지 / 71

'아동단원답다!' / 73

항일소년 유태선 / 78

피어린 새벽길 / 83

소녀의 장렬한 최후 / 94

길청령아 말하라 / 100

소년영웅 증만이 / 106

홍도 소년 / 112

소선대 여중 대장 / 119

수옥이와 순임이 / 128

혀를 물어 끊으면서 / 133

대오를 찾아서 / 137

현 아동국장 순회 동무 / 145

그는 이렇게 살았다 / 152

굴강한 소년 / 160

득봉 중대장 / 166

북만 땅의 소년 기병대 대장 / 173

꼬마항일영웅들 / 176

주요 참고문헌과 자료 / 183

후 기 / 185

붉은 넥타이 팔락인다

1932년 5월, 훈춘현 하다문 일대에 대한 일제침략자들의 대토 벌에서 일송정의 중공당 조직과 혁명역량은 심한 손실을 받고 부 득불 전이하지 않으면 안 되었다. 마을의 30여 세대 남녀노소와 함께 연통라자동골로 가는 길에 오른 리옥금은 불타고 있는 고향 마을을 돌아보며 종주먹을 불끈 쥐었다. 연통라자동골에 이르자 당원인 아버지와 부녀회책임자인 어머니는 군중들을 안치하고 조 직을 묶어세우기에 여념이 없었다. 아동단 단장인 오빠도 보초, 통신 등 일로 집에 붙어 있을 새 없었다. 그러다보니 두 동생을 보는 일은 옥금에게 차례졌다. 한낱 나어린 여자애에 불과했지만 자존심이 강한 리옥금은 그것이 불만스러웠다.

어느 날 오빠는 또 아동단모임에 가겠다면서 움쭉 일어섰다. 옥금 이도 따라 일어섰다가 오빠의 꾸중만 들었다. 11살에 난 옥금이는 자기를 한낮 코흘리개로만 보는 것 같아 뾰로통해 났다. 그는 오빠 가 나간 틈을 타서 오빠의 붉은 넥타이와 곤봉, 포승을 꺼내서 아동 단원들처럼 차림새를 하였다. 가슴에는 붉은 넥타이가 단정히 드리 워져 제법 아동단원 같았다. 아버지와 어머니는 싱글벙글 웃으시며 "옥금이가 오늘은 아동단원이 되었구나!"하고 기분을 돋우어주었다.

때마침 전투에서 돌아온 유격대 아저씨들이 동골에 들렀다. 모두가 번쩍거리는 총들을 메고 있었다. 어느덧 총에 마음이 쏠린 옥금이는 유격대 아저씨들을 졸졸 따라다니며 재잘거렸다.

"아저씨, 이 총은 왜놈들에게서 빼앗았다죠?"

"그렇잖구, 이 총이 바로 3.8식 보총이란다."

"야, 대단하네요!"

옥금이는 환성을 올리면서 자기도 왜놈을 족칠 테니 총 쏘는 요령을 배워 달라고 졸라댔다. 유격대 아저씨들은 영리한 소녀의 청을 흔연히 받아들였다. 잠간 사이에 사용법을 익힌 그는 신이 나서 야단이었다.

"땅! 따땅!"

옥금이는 한동안 북새판을 피우며 돌아갔다. 자기도 아동단원이 되어 지난해 봄 적들한테 불행히 잡혀간 당원들인 둘째 삼촌과 셋째 삼촌의 원수를 갚겠다고 별렀다. 하루는 어디에가 박달나무를 찍어다 곤봉을 만드느라고 씩씩거렸다.

"여간내기가 아닌데, 인줘 내가 만들어줄게."

보초근무를 마치고 돌아온 오빠가 누이동생 앞에 척 나서며 능청을 부렸다.

"싫어, 나절로 만들래."

옥금이는 시뜻해서 돌아앉으며 부지런히 칼질을 해댔다.

"곤봉을 해선 뭘 해?"

"아동단원이 되려고 그래."

"곤봉만 가지면 아동단원이 되는 줄 아니, 무엇보다 먼저 아동단원이 지켜야 할 열 가지 조목을 알아야 하는 거야."

오빠는 누이동생에게서 나무와 칼을 빼앗아 곤봉을 잘 다듬어주면서 말했다.

"열 가지 조목이란 게 뭐야?"

"그것도 모르면서 아동단원이 되겠다구."

오빠는 일본 놈들을 소멸하기 위해 끝가지 싸워야 한다는 데로부터 아동단의 구호, 보초, 통신연락 등에 이르기까지 한 조목 한 조목 풀이해 나갔다.

"분투목표, 구호 …" 아동단원이 되고 픈 옥금이의 입에서는 새로운 어귀가 내내 가셔질 줄 몰랐다.

1932년 가을이 왔다. 옥금이는 오각별 위에서 횃불이 타는 아동단기 앞에 나섰다. 얼마나 바라던 시각이었던가, 오른 주먹을 추켜들고 입대선서를 하는 옥금이의 애어린 가슴에는 새 희망이 불타올랐다. 그는 조직에서 매주는 붉은 넥타이와 곤봉, 포승을 받고서 죽는 한이 있더라도 아동단원의 이 3대 무기만은 잃지 않겠다고 굳게 다졌다.

옥금이는 아동단 분단장이 되었다. 조그마한 키에 영채 도는 눈, 야무지게 생긴 몸에 포승줄을 꽁꽁 감아서 허리춤에 멋지게 척 차고 손에 박달나무 곤봉을 잡은 것이 제법 꼬마투사다웠다. 그는 앞가슴에 붉은 넥타이를 날리며 조직에서 맡겨주는 보초, 탐정, 통신 등 과업을 훌륭히 수행하였고 마을의 야학교에서 글도 익히고 혁명가요도 배웠다.

목에다 건 것은 붉은 넥타이라
한손에 곤봉을 잡고서 탐정을 나간다
장하다 그의 이름 삐오네르 삐오네르
세상에 모도다 칭찬한다 삐오네르

바지는 비록 짧아 무릎을 넘지 않으나
등에다 짐을 지고서 교련을 나간다
장하다 그의 이름 삐오네르 삐오네르
세상에 모도다 칭찬한다 삐오네르

나이는 비록 어려 아해에 지나지 않으나
마음은 튼튼하여 용감히 싸운다
장하다 그의 이름 삐오네르 삐오네르
세상에 모도다 칭찬한다 삐오네르

그는 이 노래를 부르고 또 불렀다.

리옥금은 1922년에 오늘의 훈춘시 하다문향 일송정에서 태어
났다. 옥금의 아버지 리창국이 하도 부지런한 실농군이었기에 여
덟 식구는 근근득식하며 생계를 지탱할 수 있었다.

옥금이는 예닐곱 살이 되자 두 살 위인 오빠와 함께 손아래 남동
생과 여동생을 데리고 놀면서 어른들의 일손을 돕고 산나물을 캐어
끼니를 보태기도 하였다. 때론 뒷산에 올라가 병풍산을 등지고 유유
히 흐르는 홍기하를 바라보며 마음껏 노래 부르기도 하였다.

1930년 하반년에 일송정에도 공산당 지부가 섰다. 옥금의 아버
지와 삼촌들인 리창근, 리창휘는 언녕 혁명에 나선 투사들이었다.
이런 가정에서 자란 옥금이의 어린 심령에도 혁명의 씨앗이 뿌려
지고 싹트기 시작하였다. 아동단에 가입한 후로부터 그는 지난날
의 어린이가 아니었다.

1932년 5월부터 일제의 '토벌'이 그칠 줄 몰랐다. 겨끔내기로
달려드는 적 토벌대로 하여 옥금이네는 그해 말에 다른 10여 세

대 군중들과 함께 중소변경에 자리 잡은 양징거우 어귀로 옮겨 갔다. 새 고장에는 거개가 늙은이가 아니면 환자, 어린이들이었다. 옥금이와 그의 동무들은 늘 적점령 구역인 훈춘현성, 양포, 하다문 등지에 숨어들어가 삐라를 살포하였다.

1933년 어느 날 해질 무렵, 유격대에서는 관도구에 긴급히 전해야 할 쪽지를 옥금이에게 주었다. 긴급임무인데다 길이 멀고 또 그것도 늘 범이 출몰한다는 밀림 속을 밤도와 갔다 와야 했다. 허나 조직에서 주는 임무라고 생각하니 옥금의 발걸음은 날개 돋친 듯 한결 가벼웠다. 그는 다른 아동단원과 함께 그 밤으로 통신과업을 수행했다.

이밖에도 리옥금은 아동단원들과 함께 군중보위사업에서도 한몫을 감당하였다. 그는 아동단원들을 조직하여 보초근무를 섰는데 수상한 사람을 만나기만 하면 날카로운 눈초리를 박았다. 하여 밀정을 붙잡은 것만 하여도 10여 명이나 된다.

새해가 코밑에 다가왔던 1933년 12월 중순의 어느 날 저녁 무렵에 왜놈토벌대가 별안간 굶주린 승냥이마냥 양징거우 어귀로 덮쳐들었다. 귀청을 째는 듯한 아츠러운 기관총연발사격 소리가 어둠 속에 깃든 고요한 마을을 발칵 뒤집어 놓았다. 옥금이는 마을 사람들의 뒤를 따라 피난의 길에 올랐다.

"아차, 이 정신 봐라!"

가슴이 섬뜩해 난 옥금이는 되돌아섰다. 아동단의 3대무기 — 붉은 넥타이와 곤봉, 포승을 집에 두고 왔던 것이다.

붉은 넥타이를 목숨처럼 소중히 여겨오던 그는 생사불구하고 허리 치는 숫눈길을 헤쳐 가며 집에 이르렀다. 그가 붉은 넥타이랑 가지고 문을 나서니 마을에는 벌써 일대 소동이 일어났다. 왜놈들의 팩팩거리는 소리와 저벅거리는 구둣발 소리가 너무도 가까이에서 들려왔다.

피할 수도 없는 순간이었다. 그는 집 뒤 통나무가 놓여 있는 곳으로 기어갔다. 그곳에서 다시 몇 미터 기어나가 눈 속에 붉은 넥타이와 무기를 파묻고 감쪽같이 자취를 지워버렸다. 그가 금방 자리를 뜨자 허리에 군도를 찬 한 왜놈장교가 셰퍼드를 앞세우고 그의 앞에 나타났다. 장교가 통역과 뭐라고 지절대자 통역이 징글스런 웃음을 낯에 게바르며 옥금이에게로 다가왔다.

"마을 사람들이 다 어디로 갔느냐?"

"난 몰라요."

"여기엔 공산당이 몇이나 있느냐?"

"공산당이야 많고 많지요. 당신도 쪽발이들을 할애비 모시듯 하다간 살아 돌아가려니 생각 말아요."

왜놈을 한없이 증오하는 옥금이는 통역의 낯바대기에 침을 탁 내뱉었다.

"뒈질 년, 죽여 버리고 말테다."

통역은 눈초리를 곤두세우며 앙칼진 소리를 쳤다.

"이 개놈아, 죽일 테면 죽여라. 너도 조선 사람이냐?"

옥금이는 으드득 어금니를 갈았다.

분이 상투밑까지 치밀어 오른 통역은 왜놈장교에게 문초 정황을 번역해주었다. 서슬이 퍼래난 왜놈장교는 군도를 쑥 뽑아 옥금이의 왼쪽 무릎을 찔렀다. 그리고도 성차지 않아 오른쪽 다리를 총창으로 두 번이나 찔러놓았다. 삽시에 선지피가 땅을 붉게 물들이며 흘러내렸다. 옥금이는 원한에 찬 눈길로 원수들을 쏘아보았다.

"네놈들이 나를 죽일 수 있어도 우리 사람들을 다 죽이지 못한다. 네놈들이 행패를 부리지 못할 날이 꼭 오고야 말 것이다."

말을 마친 그는 피 못에 쓰러졌다…

좋이 한겻이 되어서야 토벌대가 물러갔다. 마을 사람들이 옥금이를 찾아냈을 땐 타버린 집안에 넘어져 있었다. 이슥하여 정신을 차린 그는 첫마디에 아동단의 붉은 넥타이와 무기를 파 달라고 간청하였다. 동지들의 손에서 붉은 넥타이를 받아든 옥금이는 그것을 품에 꼭 그러안았다. 하늘에 총총 뿌려진 뭇별들도 그의 갸륵한 마음에 감동되어 슴벅거리고 있었다. 그 번 토벌에서 옥금이의 일가식솔 7명이 목숨을 잃었다.

그날 저녁 옥금이는 모진 동통에 시달렸다. 이튿날 아침 조직에서는 그를 국경 가까이에 자리 잡은 근거지병원으로 호송해 갔다.

열흘이란 시간이 흘렀다. 옥금이의 상처는 차도가 보이기 시작했다. 병원 동지들이 그에게 색다른 음식을 주면 그는 먹지 않고 남겼다가 중상자들에게 주었다. 허나 붉은 넥타이만은 늘 머리맡에 놓았다.

옥금이는 근거지병원에서 1934년 양력설을 맞았다. 연구구위에서 환자 위문을 온다는 소식이 전해왔다. 그런데 바로 그날 반역자이며 악질주구인 박두남이 왜놈토벌대를 끌고 병원을 은밀히 포위하고 조여들었다. 21명 부상자들은 한사람 같이 싸우다가 모두 영용히 희생되었다. 리옥금이도 그 가운데의 한 사람이었다. 그때 그는 13살을 잡은 지 하루밖에 안 되는 애어린 소녀였다.

'꼬마 홍광'

리학규는 양정우 장군의 친밀한 전우인 리홍광의 동생인데 남만 일대서 어린 나이에 제일 먼저 유격대에 가입한 꼬마전사이다. 그는 12살에 유격대에 참가하여 14살에 희생되였지만 그의 빛나는 투쟁 업적은 오늘도 인민들 속에서 널리 미담으로 전해지고 있다.

1

리학규는 1921년에 조선 경기도 룡임군 단삼동 농민 리보경의 막내아들로 태어났다. 그는 6살 때 가정을 따라 중국 길림성 이통현 유사저자툰에 이주하였다.

허나 어디 간들 시름 놓고 살수 있었으랴. 학규 아버지는 큰아들 홍광을 데리고 산기슭에 초가집을 짓고 어려운 소작생활을 시작하였다. 그때 리학규는 너무 어린데서 아버지의 고초를 알 수 없었다. 그가 세상사에 눈을 뜰 때는 조선족인민의 반제반봉건투쟁이 바야흐로 일어나고 있었다. 학규보다 11살 위인 형님 리홍광은 당시 '재만 농민동맹회'의 주요 책임자였다.

1930년 여름 중국공산당 쌍양—이통 특별 지부가 건립되었다. 이 특별 지부는 중공반석현위의 지도를 받았는데 형님 리홍광이 특별 지부 조직위원 겸 상도구 당 지부 서기였다. 형님이 이통 지구에서 농민회, 부녀회, 청년회, 아동단 등 혁명단체를 조직하 다 그해 10살에 난 리학규는 아동단원이 되었으며 형님의 의무통 신원 노릇을 하였다.

이듬해 가을의 어느 날 리학규는 비밀편지를 이통에 전하라는 형님의 부탁을 받았다. 편지를 전하자면 적 경계가 삼엄한 200여 리 길을 헤쳐가야 했다. 학규는 생각던 끝에 수숫대 속을 파내고 그 속에 편지를 돌돌 말아 넣은 다음 파낸 속을 다시 제대로 채 워 놓았다. 그리곤 수수대로 장난감 총을 만들어 메고는 200여 리 길에 올랐다. 허리에 두른 보자기 속엔 어머니가 갖춰준 주먹 밥이 들어 있었다.

학규는 스적스적 걸음을 옮겨놓았다. 해종일 산길을 걷다보니 발이 부르텄고 맥도 진했다. 저녁에 한 농민 집에 들어가 하룻밤 을 자고나니 힘이 났다. 사흘째 되던 날 영성자라고 하는 한 거 리에 들어섰다.

거리는 군대나부랭이들로 득실거렸다. 행인들은 놈들의 까근한 조사를 당해야 했다. 학규가 먼발치에서 이 광경을 훔쳐보는데 남루한 옷을 걸친 한 소년이 걸어 왔다.

"됐다!"

기발한 생각이 뇌리를 쳤다. 학규는 다짜고짜 그 소년을 거리 바닥에 넘어뜨리고 내 꼴 봐라하고 달아났다.

"이 새끼?"

얼결에 봉변을 당한 소년은 씩씩거리며 학규를 뒤쫓았다. 적 보초병은 아이들 싸움으로만 보고 그들이 보초선을 넘어섰으나 관계치 않았다.

하나 또 하나의 위험구간을 통과하였다. 리학규는 옹근 3일 만에 이통 현성에 들어섰다.

비밀 연락원 조 아저씨는 놀랐다. 어른도 아닌 아이가 200리 험한 길을 달려왔다는 것이 믿어지지 않은 모양이었다.

"넌 누구 집 아이냐?"

"난 아동단원이에요."

조 아저씨는 어깨를 으쓱하는 아이가 더없이 기특해 보였다.

2

'9·18사변' 후 학규 형 리홍광이 반석일대에 가서 새로운 투쟁에 나서게 되었다. 그는 조직에 부담을 지우지 않으려고 아내와 할아버지를 설복하여 조선의 고향땅으로 내보냈다. 두 누이동생이 어린 나이에 이미 출가했기에 아버지와 어머니, 동생 학규를 장춘 방향으로 보냈다. 단란한 가정은 이렇게 흩어지고야 말았다.

학규 아버지는 아내와 아들 학규를 데리고 장춘에 있는 조선 난민소로 옮겨 앉았다.

헌데 누가 알았으랴, 생계도 이어가기 어려운 판에 리보경이 반석유격대 책임자 리홍광의 아버지란 것이 드러날 줄을.

장춘 일본헌병대 놈들이 리보경과 리학규를 체포하였다. 때는 밤중이었다.

이튿날 헌병대 놈들이 리보경 부자를 헌병소좌 앞에 끌어냈다.

리보경이 입을 다물자 헌병대 놈들이 그들 부자를 고문실에 끌고 갔다.

갖가지 고문이 가해졌다. 허나 리보경 부자는 의연히 입을 열지 않았다. 소좌 놈이 까무러친 학규에게 냉수를 끼얹게 하였다. 학규가 정신이 좀 들자 놈들은 따지고 들었다.

"너 어디 말해 봐. 말만 하면 너의 아버지도 무사하고 모두 잘 살게 돼. 어서 말해!"

"…"

간신히 눈을 뜬 학규는 원수를 쏘아 볼 뿐 도무지 입을 열지 않았다.

적들은 또 한바탕 족쳐댔다. 학규는 인사불성이 되고 말았다. 아버지도 까무러쳤다.

그들 부자가 정신을 차렸을 때는 어둠 속에 짓눌린 감방에 갇힌 뒤였다.

"애야, 아프면 울어라."

속이 뭉클해 난 리보경은 피투성이 된 아들을 어루쓸었다.

"난 안 아파요."

아들을 꽉 끌어안은 리보경은 눈물이 비 오 듯 했다.

연일 고문이 계속되었다. 학규도 그의 아버지도 아무것도 말하지 않았다.

아무런 단서도 쥐지 못한 적들은 학규에게 독을 들이고 그를 병원에 입원시켰다. 차도가 보이자 사탕, 과자, 과일 따위를 가득 안겨주고 병원 뜰에서 놀게 했다.

소좌 놈이 학규를 가까이했다.

"학규, 너 아버지 생각도 해야지. 너의 형 리홍광이 있는 곳만 대면 아버지 병도 고쳐주고 너도 공부시켜 줄 테다. 어때?"

리학규는 "홍!" 할 뿐 거들떠도 보지 않았다. 맛좋은 사탕도 얼려 내지 못했다. 학규는 다시 감방에 갇혔다.

한달이 가까워 왔다. 리보경이 자리에서 일어나지도 못하게 되자 적들은 그들 부자를 보석 출옥시키는 수밖에 없었다.

리보경의 병세는 차도가 보이지 않았다. 그렇다고 치료 방도를 댈 수도 없었다. 나어린 학규는 주먹을 불끈 쥐었다. 가슴속엔 복수의 불길이 이글거렸다. 유격대원이 되고픈 생각이 굴뚝같았다.

어느 날 학규는 아버지 머리맡에 꿇어앉았다.

"아버지, 난 형님을 찾아가겠어요. 왜놈을 쳐부수겠어요!"

"너까지 가면 어머닌 어쩌겠니?"

리보경은 떨리는 손으로 막내아들의 손을 잡았다. 그는 자기 앞길이 눈앞이라는 것을 너무도 잘 알고 있는 터였다.

"아버지, 왜놈들을 그대로 내버려둘 수야 …"

학규는 말끝을 흐린 채 울음을 터뜨렸다. 리보경은 끝끝내 머리를 끄떡였다.

이튿날 학규는 눈물을 뿌리며 아버지, 어머니 곁을 떠났다. 아버지는 끝끝내 세상을 뜨고 말았다.

3

학규는 옹근 두 달 만에 형님이 거느리는 반석유격대를 찾아냈다. 유격대전사들은 놀라마지 않았다. 꼬마가 겪어 온 고생살이는 그네들 가슴에 복수의 불길을 지펴주었다.

"형님, 나에게도 총을 줘요. 나도 왜놈을 치겠어요!"

리홍광은 조용히 방안을 거닐 뿐 쉬이 대답하지 않았다.

반석유격대 정위 양군무 동지가 시원히 대답했다. 그는 허리춤에서 수류탄 하나를 꺼내 학규에게 주었다.

학규는 좋아라고 퐁퐁 뛰었다. 형님이 학규를 힘껏 끌어안았다. 드디어 자기의 소원을 풀고야 말았다. 그때 그는 겨우 12살 밖에 안 되었다.

그해 여름 유격대는 화전현 흑석진에서 일본수비대를 습격하였다. 리홍광은 유격대를 흑석진 부근의 산등성이에 매복시키고 유격대원 약간 명을 보내 적들을 소굴에서 끌어내게 하였다.

일본수비대는 과연 유인전술에 걸려들었다. 이 자들이 매복권내에 들어서자 유격대는 일제히 불벼락을 안기였다. 적들은 아우성을 치며 죽어 번드러졌다. 살아남은 놈들은 갈팡질팡하다가 줄행랑을 놓기 시작하였다.

통쾌한 전투였다. 학규는 처음 겁도 없지 않았으나 적들이 하나 둘 나동그라지는 걸 보고 사기가 부쩍 올랐다.

이때 수비대 세 놈이 큰길 옆 숲 속으로 기어들고 있었다. 학규는 수류탄을 꺼내 힘껏 뿌렸다.

"쾅!"

수류탄이 터지자 일본수비대 세 놈이 황천객이 되었다.

학규는 신이 났다. 싸움터를 수습할 때 그는 빠득거리며 악을 쓰는 왜놈 한 놈을 쏘아보면서 총박죽으로 대갈통을 내리깠다.

이날 전투에서 유격대는 일본수비대 20여 명을 쓰러 눕혔다. 학규는 기마용 보총을 가지고 좋아 야단이었다.

4

1933년 9월, 반석유격대를 토대로 동북인민혁명군 제1군 독립사가 조직되었다. 리홍광이 독립사 참모장(후에 제1군 제1사 사장

겸 정위)이 되고 학규가 사부 경위반 전사로 되었다.

그해 12월 제1군 독립사는 적들이 우글거리는 류하현 고산자를 습격하였다. 이에 앞서 리학규 등 네 전사가 고산자 정찰임무를 맡았다.

네 전사는 두 개 조로 나뉘어 고산자 거리에 숨어들었다. 손산동(별호)과 다른 한 전사는 약 지으러 가는 농민 차림새로 서쪽 성문으로 다가가고 리학규와 리할빈(별호)은 나무장사꾼으로 차리고 동쪽성문에 나타났다.

"섯! 뭘 하러 가는 놈이야?"

보초병이 길을 막아 나섰다.

"저, 나무를 팔아 보려구요."

18살에 난 리할빈이 나무지게를 가리키며 제격 대답했다.

"홍! 공산군 비적이지?"

두 보초 놈은 그들 둘을 세워놓고 참빗질을 했다. 아무것도 들춰내지 못했다.

"히히 아무 것도 없지 않아요. 나무를 팔고 올 때 술을 사다 드리지요. 돌아갈 때 꼭 이리로 가니깐요."

리할빈이 굽석 허리를 굽히면서 능청을 부리었다. 학규도 옆에서 맞장구를 쳤다.

"가라!"

두 보초 놈을 시끄럽다는 듯 꽥 소리 질렀다.

거리의 조용한 골목에 이르자 둘은 나무단 속에서 권총을 뽑아 품에 지니었다.

이날 학규네는 나무를 싼거리로 제격 넘겨버리고 적의 포대, 병영 등 형편을 일일이 알아보았다. 지하 교통원을 만나 저녁의 적들 군호가 '금환'이라는 것을 알아냈다.

겨울해가 노루꼬리처럼 짧다보니 어느새 땅거미가 어둑어둑 들기 시작하였다.

손산 동네가 서쪽 성문에 나타났다. 잇따라 리학규네도 이르렀다. 그들이 문을 열어달라고 사정해도 보초 놈은 들을 염을 안했다.

그러는 사이에 날도 퍽 어두워졌다. 손을 쓸 때가 되었다.

"손들엇! 소리쳤다간 죽여 버리겠다!"

그들은 나지막하게 소리치며 일시에 권총을 들이댔다. 보초병들이 얼결에 손을 쳐들자 총을 압수하고 옷을 벗겨냈다. 어어, 꽁꽁 묶고 재갈을 물린 다음 담 모퉁이에 처박았다.

이럴 때 적 패장 놈이 다가와 반장이 어디 있는가고 소리쳤다. 적 차림을 한 손산동이 공산군 두 놈을 잡아놓았다고 보고하자 소대장은 대번에 헤벌쭉해졌다.

소대장이 졸병과 함께 묶인 사람을 보려고 허리를 굽힐 때였다.

"꼼짝 말앗! 움직이면 쏜다!"

리학규는 벼락같이 소대장 놈의 권총을 앗아냈다.

이때 성문 밖에서 대기하고 있던 혁명군전사들이 성문을 똑똑 두드렸다. 리학규네는 인차 성문을 열고 정찰 결과와 군호를 알리었다.

리학규와 손산동이 성문 옆 포대를 지키고 혁명군은 어둠 속으로 사라졌다.

이윽고 자지러진 총 소리, 수류탄 터지는 소리, 기관총 소리가 고요한 밤 정적을 깨뜨렸다. 고산자 거리는 온통 혼란 속에 빠졌다. 적들은 비명을 지르며 돌아갔다.

전투는 한 시간 남짓이 지속되었다. 적 수십 명이 뻐드러졌다.

이때 일본 수비대 200여 명과 '동변도 공비숙청' 사령소 본량의 1개 연대가 밀려든다는 급보가 전해졌다.

혁명군은 싸우는 한편 퇴각하였다. 리학규와 손산동은 그런 줄도 모르고 포대에서 병영에 대고 사격을 해댔다.

총 소리가 멎어서야 아군이 이미 철퇴했다는 것을 알았다. 그들은 칠흑 같은 어둠을 빌어 성안을 벗어나 무사히 귀로에 올랐다.

리학규는 부대 내에 이름이 났다. 그럴 만도 하였다. 이해 그는 부대를 따라 60여 차의 전투에 참가하여 솜씨를 보였으니 말이다. 독립사전사들은 학규를 '꼬마 홍광'이라고 다정히 불렀다.

그러던 리학규는 1934년 말 적들과의 한차례 전투에서 불행히 희생되었다. 그때 그는 14살 밖에 안 되었다. 사랑스러운 꼬마전사를 잃은 부대는 슬픔 속에 잠기었다. 그들은 비통을 힘으로 바꾸어 원수를 족치기 위한 새로운 싸움터로 달려 나갔다.

피눈물의 나날

1932년 음력 10월 하순부터 11월 초순 사이 적들은 약수동 근거지에 대해 연속 3차의 토벌을 감행하였다. 거듭되는 토벌에서 중공 평강구위 부녀간부 김옥주의 시아버지 정태준(공산당원) 등 10여 명이 원수의 총칼 아래 쓰러지고 옥주네 집 등 10여 채가 잿더미로 되었다.

김옥주(1906년 생)가 외지에서 활동하다가 약수동에 돌아오니 차마 눈뜨고 볼 수 없는 살풍경이다. 그것도 시아버지의 환갑날이 제사날로 되었으니 억이 막히었다. 맏며느리인 옥주는 시아버지 등 후사를 비밀리에 처리하고 시어머니와 작별하고는 세 아이―3살 나이 막내아들 봉춘이를 업고 9살 나이 아들 해봉이와 12살 나이 딸 해순이 손목을 잡고 설한풍을 맞받으며 안도현 처창즈를 찾아 갔다.

그 후 옥주는 안도 사문자 근거지에서 중공 안도구위 부녀위원과 유격대 지부위원 책임을 맡고 눈부신 투쟁에 나섰다. 그러던 1935년 2월의 어느 날 옥주는 유격대 지부대회에 참가하고 돌아오다가 밀림 속에서 범을 만나 아까운 목숨을 잃었다. 세 아이는 창졸간에 사랑하는 엄마를 잃고 당지 지주집 말몰이, 남의집살이 신세로 되어 피눈물의 나날을 보내야만 했다. 게다가 아버지 정룡 마저도 30년대 남만에서 혁명 활동하다가 희생되니 그 처지가 가긍하지 않을 수 없었다.

1935년경의 어느 날 안도현 도무거우에서 포수질하는 친척 정완송이 송강 어귀의 어느 산에 갔는데 어디에서인가 어린아이의 울음소리가 들려왔다. 하도 이상스러워 울음소리 나는 쪽으로 가 보니 어떤 아이가 무릎도 가리지 못한 헌 바지만 입고 "아버지, 어머니 나를 버리고 어디로 갔소?!"하고 애탄 눈물을 흘리고 있었다. 알고 보니 그 애는 옥주의 9살짜리 아들 해봉이었고 중국인 지주집에서 말몰이꾼으로 일하고 있었다.

이 소식을 듣고 해봉의 할머니가 송강으로 찾아 갔다. 지주 놈은 자기 집에는 자지 못한다고 호통 쳤다. 갖고 간 비단저고리 한 벌을 내어놓으면서 저 애를 데려가겠다고 하니 300원 주고 사왔다면서 아편 몇 근을 가져와야 데려가게 하겠다고 큰 소리를 쳐댔다.

별수가 없었다. 할머니는 우는 해봉이를 남겨두고 집에 돌아와 아편밭들을 찾아다녔으나 이삭담배 몇 냥 밖에 모으지 못하였다. 그런대로 다시 지주집을 찾아가니 아편만 받아두고 아이를 돌려 주지 않았다. 헌병대로 가자고 고래고래 소리 지르는 데서 "그럼 이 애를 잘 자래워 주시오!"하는 부탁을 남기고 떨어지지 않는 발걸음을 떼어야 했다. 그러는 할머니의 마음이 오죽했으랴.

그 후 1937년도에 들은 소식이다. 해봉이는 지주집에서 눈물나는 말몰이, 머슴살이 하다가 병이 들어 송강의 밀림 속에 묻히고 말았다고 한다.

봉훈이는 남의 집에 가서 자라다가 업히어 왔으나 해순이는 종무소식이었다. 그로부터 40여 년 만에 조선에서 연길 삼촌 정창근(옥주의 시동생, 항일투사)한테서 해순이의 소식이 왔으니 정녕 꿈만 같았다.

약수동 정태준 노인의 둘째 며느리 복정순(1910년 생)은 연길현 삼도만 사람으로서 1931년 6월에 중국공산당에 가입하고 약수동 반제동맹회원으로 활약하였다.

약수동 혁명의 터전은 정태준 노인 가정이라 하겠다. 지하교통소가 이집이다 보니 외지 혁명자들은 거의 모두가 이집에 거처를 잡았다. 어떤 혁명자는 이 집에서 한달, 두 달 씩 머무르기가 일쑤였다. 그때마다 정순이는 군소리 한마디 없이 혁명자들의 시중을 잘하였다. 하여 누구나 그의 성품을 두고 외우지 않은 사람이 없었다.

1932년 겨울 시아버지 정태준 노인 등이 쓰러지고 집이 불의 세례를 당했던 그 나날 복정순은 5살짜리 철부지 딸 봉선이를 안도현 도무거우 6촌집에 맡기고 2살짜리 아들 봉산이를 업고 안도현 처창즈를 찾아 떠났다. 처창즈에서 정순이는 결연히 유격대에 참가하여 무기를 들고 적들과 싸웠다.

1933년 8월의 어느 날 정순이는 처창즈 서남차에서 봉산이를 업은 채 무장자위단 놈들과 조우하게 되었다. 그러다가 적탄에 맞아 쓰러진 채 영영 일어나지 못하였다. 그런 줄 알 리 없는 어린 봉산이는 어머니 젖가슴을 헤치면서 울어대기만 했다. 나중에 자위단 놈들은 어린 봉산이를 포승줄로 목을 매어 끌고 다니다가 나무에 달아매고 죽이었다…

'돼지몰이꾼' 소년

1932년 여름, 훈춘현 대황구 청수동의 소선대 대장 전기옥은 중공훈춘현위에서 왕청현 소왕청마촌에 있는 중공 동만특위에 띄우는 긴급통신을 가지고 길을 떠났다.

대황구에서 소왕청까지는 200여 리 산길이었다. 임무수행의 편리를 위하여 전기옥은 통신쪽지를 느릅나무 회초리에 넣고 의심스러운 사람이나 놈들의 군대와 맞띄우면 느릅나무 회초리로 풀잎을 치는 척 했다. 위험을 느낄 때면 멀리 쥐어 뿌렸다가 다시 잡아지곤 하였다.

어느덧 두만강가의 밀강에 이르렀다. 꼭 거쳐야 하는 길목이었는데 거리 복판 길옆에는 놈들 경찰서가 있었다. 기옥이는 회초리를 꽁무니에 차고 마을 어귀의 높은 나무 위에 기어올랐다. 마을 쪽에 눈을 박으니 놈들의 경계가 여간 심하지 않았다.

이때 부근에서 풀을 뜯고 있는 돼지 떼가 보였다. 기발한 생각이 떠오른 기옥이는 제꺽 나무에서 내려 두릅나무 회초리를 휘두르며 돼지를 몰고 거리복판에 들어섰다. 경찰 놈들은 돼지몰이 아이라고 여기고 거들떠도 보지 않았다.

이 시각에 한 안 노인이 허겁지겁 쫓아오더니 왜 남의 돼지를 몰고 가는가고 야단쳤다. 그 소리에 제 정신이 든 경찰 놈은 달아가 다짜고짜 기옥이의 목덜미를 잡아챘다. 그 서슬에 기옥이는 땅바닥에 주저앉아 엉엉 우는 모양을 했다. 돌발적인 사태 앞에서 뛰는 것은 금물이었다.

"이 도적놈새끼야, 일어나 걸엇!"

경찰 놈은 기옥이를 도적 놈 아이라고 여기고 두말없이 경찰서로 끌고 갔다.

졸지에 당한 봉변이었다. 별수 없이 감방에 갇힌 기옥이는 속이 바질바질 탔다. 일순 하늘이 무너지는 것 같았으나 그는 맥을 버릴 수가 없었다.

이슥하여 두 위만 경찰이 감방 문을 열고 들어섰다. 그들은 저들끼리 일본 놈 경찰서장에 대한 불만을 토하면서 되는대로 심문을 들이댔다. 그 심문이라야 어디에서 살며 나이는 몇 살이며 부모가 있는가, 왜 남의 돼지를 훔치는가 하는 자질구레한 따위였다. 때론 위협도 하고 소리도 치다가 나가버렸다.

그들의 심문결과에 경찰서장 놈은 펄펄 뛰었다.

"그 애가 그래 돼지도적 놈으로만 보여? 이 바보 같은 녀석들아!"

경찰서장 놈은 한동안 들볶더니 사소한 단서라도 꼭 얻어내라고 명령하였다. 결이 난 두 위만 경찰은 기옥이를 다시 심문했으나 그 상이 장상이었다. 다른 경찰 놈들까지 들어와 구타하며 심문을 들이댔으나 역시 헛수고였다.

이번엔 일본서장 놈이 손수 나섰다. 그놈은 감방 안에 들어와 기옥이의 상처를 어루쓸며 몹시 아프겠다고 가살을 떨었다. 그리곤 자기 방으로 데리고 가서 책상 위의 맛있는 음식과 과자를 가리켰다.

"자, 먹으면서 잘 생각해 보아라, 솔직하게 터놓으면 좋은 옷도 해주고 학교에도 보내 줄 테다. 그러나 거짓말을 했다간 총살 할 테다!"

그래도 기옥이는 입을 앙다물고 거들떠보지도 않았다. 이리지리 달래도 단서를 잡을 수 없었다. 악이 난 서장 놈은 구둣발로 사정없이 걷어찼으나 들은 것은 "모른다."는 한 마디 뿐이었다.

찰나 서장 놈의 두 눈이 두릅나무 회초리에 멎었다. 놈은 회초리를 이모저모 뜯어보다가 손칼을 꺼내어 절반을 쪼개었다. 비밀쪽지가 드러나고 악착스런 고문이 뒤따랐다. 놈들은 "길가에서 주은 것"이라는 말밖에 더 듣지 못하였다. 사흘이나 끌어도 내내 그러하였다.

나중에 일본서장 놈은 경찰들에게 소년을 끌어내다 총살해버리라고 명령하였다.

놈들은 마침내 기옥이를 사형장에 내세웠다. 사형장은 산 중턱 나무 밑에 정해졌는데 처음 심문에 나섰던 두 경찰이 집행자로 나섰다.

검은 총구멍이 자기를 겨누는 순간 기옥이는 "잠간, 내 할말이 있다!"고 외쳤다.

두 경찰은 무슨 지푸라기라도 쥘 것 같아 재촉하였다. 헌데 소년의 입에서는 되알진 말이 튕겨 나왔다.

"나를 죽이는데 총을 쏘지 말고 총창으로 찔러 달라!"

두 경찰은 어안이 벙벙해서 그 자리에 굳어졌다.

"우리 항일유격대는 지금 탄알이 부족해서 일본 놈을 더 많이 잡지 못한다. 나를 총창으로 찔러죽이고 그 탄알을 우리 유격대에 보내 달라! 일본 놈들은 우리 중국 사람들의 공동한 원수이다!"

소년의 말은 마디마다가 비수되어 그들의 심장을 찌르는 것만 같았다. 죽음 앞에서도 태연자약한 이 용감한 소년을 두고 두 경찰은 더없이 감동되었다. 그들은 기옥소년을 와락 끌어안으며 "너를 죽이려는 우리가 어리석었다."고 오열을 터뜨리면서 목멘 나머지 유격대를 찾아가 일제 놈들과 싸우겠다고 탄원해 나섰다.

"좋아요. 당신들은 유격대를 찾아가세요. 전 꼭 비밀쪽지를 전달하고 돌아가야 해요."

기옥소년의 뜨거운 혁명충성심은 두 경찰을 깊이깊이 감동시켰다. 그들은 어떤 방법을 대서라도 서장 놈의 손에서 비밀쪽지를 앗아내겠다고 내비치었다. 그러더니 총 소리를 두 번 낸 다음 한 사람이 급히 산을 내려 서장실로 달려갔다.

"보, 보고! 명령대로 총살했습니다. 그런데 서장님, 큰일 났습니다. 돌아오던 길에 자동차에 치운 서장님의 아드님을 의원에 맡기고 왔는데 지금쯤 숨이 졌는지 모르겠습니다…"

"뭐라구?"

와뜰 놀란 서장 놈은 헐떡거리며 꾸며대는 부하의 말을 그대로 믿었다. 그리곤 모자도 쓰지 않은 채 벌떡 일어나 의원 쪽으로 내달았다. 그 틈에 경찰은 서장 놈의 서랍에서 비밀쪽지를 꺼내 가지고 약속한 지점에 가서 기옥이에게 넘겨주었다.

기옥이는 비밀쪽지를 가슴에 갖다대였다. 감개무량한 그는 훈춘유격대에 보내는 편지를 건네주고 두 경찰에게 길을 알려준 뒤 지체 없이 소왕청 쪽으로 발걸음을 돌리었다.

후에 두 경찰은 훈춘현 대황구에 찾아가서 항일유격대 중대장 리국진이를 만났고 기옥이는 임무수행 후 대황구의 공청단 구위에서 사업하다가 동북인민혁명군 제2군 독립사 훈춘 4연대 2중대에 입대했으며 1935년 7월에 녕안현 로야령 일대에서 적들과 조우전을 하다가 20살의 빛나는 청춘을 바치었다.

'종달새' 소녀

1924년의 어느 날, 오늘의 연길시 의란향 춘흥촌의 김씨댁에서 계집애가 태어났다. 이 애가 바로 훗날 '종달새' 소녀로 소문났고 멀리 '구국시보'에까지 실려 세상에 널리 알려진 김금녀 소녀다.

금녀가 철이 들기 시작할 무렵 의란 일대에 이미 당의 구위와 기층 지부가 세워지고 조선족인민의 반일투쟁이 요원의 불길처럼 타올랐다. 큰오빠 명국이와 둘째오빠 명팔이는 공청단원이고 셋째 오빠 룡남이는 소선대원, 둘째언니 향란이는 아동단원이었으며 할아버지, 할머니, 아버지, 어머니, 큰언니는 농민협회, 부녀회회원 들이었다. 무소속이라면 철모르는 여동생 금순이 뿐이었다.

1931년에 금녀는 언니 향란이가 다니는 남양촌 진명소학교에 입학하였다. 금녀는 이 학교에서 글을 익히었는데 노래와 춤에 남다른 흥취가 있었다. 영특하고 예쁘장하게 생긴데다가 노래 또한 잘 불러 사람들은 그를 '종달새'라고 불렀다.

1932년 봄에 의란구에도 '춘황투쟁'의 불길이 타올랐다. 금녀는 언니 향란이를 따라 어른들의 시위대열에 끼어들었다. 언니가 "일본제국주의를 타도하자!" 등 구호를 높이 부르면 그도 종주먹을 쥐고 따라 불렀다.

이해 봄에 일제 '토벌대'가 의란구 남양동 등지에 벌떼처럼 달려들어 피비린 학살을 일삼았다. 금녀의 할아버지, 할머니와 아버지가 원수의 총칼 아래 쓰러졌다. 큰오빠 명국이도 토벌대 놈들과 맞다들어 싸우다가 피살되었다.

금녀는 졸지에 친인 넷을 잃었다. 그는 비분의 눈물을 쏟으며 어머니와 큰언니 그리고 여동생과 함께 왕우구 어귀 주가골로 들어갔다. 둘째언니 향란(열사)이는 남동에 가서 20여 명의 고아들을 책임지고 둘째오빠(열사)와 셋째오빠(열사)는 석인구 돌격대에 참가하였다.

왕우구 어귀의 주가골에 초막들이 일어섰다. 의란구 피난민들은 여기서 집단살림을 꾸리었다. 허나 친인 넷을 잃은 금녀의 얼굴에는 종일 슬픔이 가시지 않았다. 그는 슬픔 속에서 일어나 아동단원에 가입하였다.

1932년 11월, 왕우구 구소비에트정부가 수립되었다. 소비에트정부의 탄생은 왕우구 항일유격 근거지의 정식건립을 표징한다. 금녀의 얼굴에는 웃음꽃이 맑게 피어났다. 그는 북동학교에서 계속 글을 읽으면서 아동단 활동에 열성을 냈으며 아동유희대에 참가하여 활약하였다.

1933년 봄에 일본침략자들은 2,000여 명의 병력을 긁어모아가지고 왕우구 근거지를 대대적으로 진공하였다. 아동단원 금녀는 아동유희대와 함께 하루에도 몇 차례씩 유격대진지에 가서 선동연설을 하고 구호를 외치고 혁명가요를 부르면서 유격대 아저씨들을 선동 고무하였다. 그리고 싸움에서 이기고 돌아온 아저씨들을 위해 『승리가』를 높이 불렀다. 근거지 군민들이 한맘으로 싸운 데서 적들은 10여일 만에 끝내 근거지에서 패주하고 말았다.

적들은 실패를 달가워하지 않았다. 이해 겨울 이 자들은 또 왕우구 근거지에 달려들었다. '토벌대' 놈들은 첫 시작부터 근거지를 불바다로 만들며 근거지 인민들을 야만적으로 학살하였다. 연길현 유격대는 적들과 피어린 전투를 벌였다. 금녀는 아동단지도원을 따라 다홍왜 근거지를 거쳐 소왕청 근거지로 들어갔다.

소왕청 항일유격 근거지에도 가열한 싸움이 그칠 새 없었다. 금녀는 유희대 동무들과 함께 혈전을 벌리고 있는 뾰족산과 마반산에 올랐다. 금녀와 그의 동무들은 진지 뒤에서 삭정이를 주어다 불을 피우고 눈에 젖은 유격대 아저씨들의 신을 말리우고 더운 물을 끓이었다. 그리고 금녀는 적탄이 빗발치던 진지에 들어가 혁명가요를 목청껏 부르기도 했다.

나어린 몸 남겨두고
아버지는 철창에로
눈보라치는 벌판에서
어머니도 영리별
철모르는 어린 유녀
찾아갈 곳 어데일까

배고파 우는 눈물
누가누가 씻으려나
그날마다 그때마다
엄마아빠 그리워
이리저리 찾으면서
엄마아빠 부르누나

눈보라 치는 산발을 누비며 울려 퍼지는 비장한 노래 소리! 유격대원들은 입술을 깨물며 두 주먹을 불끈 쥐었다.

"저 애들을 위해 싸우자! 원수를 쳐부수자!"

분노의 함성은 온 산을 쩌렁쩌렁 울렸다. 원수들은 무더기로 쓰러졌다.

금녀는 아동유희대의 역할을 보아냈다. 그는 자기도 적과 싸우는 전사임을 느꼈다. 전사! 얼마나 친절한 이름인가. 그는 아동유희대 일에 이악스레 달라붙었다.

새해가 소리 없이 밝아왔다. 적들의 잔혹한 토벌은 갈수록 우심해졌다. 인피를 쓴 야수들은 매일과 같이 달려들어 근거지인민들을 참살하고 가옥을 불사르고 곡식더미를 잿더미로 만들었다. 전투가 끝나면 유격대원들과 인민들은 산에서 내려와 불탄 집터에 다시 집을 지었다.

태워버리면 또 지었다. 그때마다 금녀는 아동단원들과 함께 집 짓는 일을 도와 나섰다. 저녁이면 20여 명으로 구성된 아동유희대가 우등불가에서 공연을 시작하였다. 금녀의 아름다운 춤과 노래는 친인들의 침울한 얼굴에 생기가 돋치게 하였다. 환호 소리, 박수 소리가 온 누리에 메아리쳤다.

어느 날 밤 공연이 끝나자 한 노인이 사람들을 헤집고 나섰다.

"여러분, 저 아이들을 봐서라도 집을 짓고 새해 농사를 다그칩시다. 아무렴 일본강도 놈들을 기어코 쫓아내야 하지유!"

"옳습니다!"

근거지 인민들은 한결같이 호응해 나섰다. 그들은 며칠 내에 집을 일떠세우고 농사일을 짜고 들었다.

허나 집요한 대'토벌'은 90여 일 간이나 계속되었다. 소왕청 근거지의 1,500여 명 인민들 가운데서 400여 명 밖에 남지 않았다. 그들은 눈물을 뿌리며 피로 건설한 근거지를 떠나지 않을 수 없었다.

아동유희대는 유격대를 따라 행동하였다. 금녀는 가는 곳마다 노래 부르고 춤추면서 유격대 아저씨들을 멸적의 싸움터로 불렀다.

봄이 왔다. 아동유희대는 요영구 항일유격 근거지로 전이하였다. 이 유희대는 항일의 시련 속에서 특위아동유희대로 발전되었다.

요영구 근거지는 재빨리 동만 항일투쟁을 지도하는 중심지로 되었다. 동만특위와 왕청현 위에서는 이 근거지에서 항일민족통일전선공작을 강화할 데 관한 1933년 중공중앙 '1·26지시편지' 정신을 받들고 한 패 또 한 패의 동지들을 구국군과 산림대 속에 들여보냈다.

1934년 여름, 특위 아동유희대는 북만 녕안에서 활동하고 있는 수녕반일동맹군 책임자 주보중의 초청을 받고 원정의 길에 올랐다.

북만으로 가자면 천고의 숲을 이룬 로야령을 넘어야 했다. 동만과 북만의 경계를 이루는 가파르고 깊은 골짜기가 가로 놓여 있었는데 분비, 가분비, 봇나무 등이 꽉 들어차 있었다. 그 속을 헤치고 나가기란 여간 쉽지 않았다. 허나 이제 겨우 11살밖에 안 되는 금녀는 남에게 뒤질세라 타박타박 발을 옮겨놓았다. 그는 끝내 수백 리 산길을 걸어내었다.

북만에 이르자 아동유희대는 주보중의 의견에 좇아 그해 봄에 수녕반일동맹군에 참가한 시세영 사령의 구국군을 먼저 찾았다. 아동유희대가 붉은 기를 휘날리며 씩씩하게 부대주둔지에 들어서자 시 사령(원 항일구국군 제14려 여장, 후에 동북항일연군 제5군의 군장, 열사)이 친히 나와서 맞아들이었다. 이날 밤 그들은 부대에 촛불을 켜놓고 부대장교 100여 명 앞에서 공연의 첫 막을 올리었다.

공연은 합창 『반일전가』로부터 시작되었다.

　　일제 놈의 발굽 소리 더욱 요란타
　　만주벌판 넓은 천지 횡행하면서
　　살인방화 강간약탈 도살의 소리
　　수천만의 노력대중 유린하도다

　　나의 부모 너의 동생 그대의 처자
　　놈들의 총창 끝에 피 흘리었다
　　나의 집과 너의 집은 놈들의 손에
　　황무지와 잿더미로 변하였다.

　격앙된 노래 소리는 원 구국군 장교들의 마음을 세차게 울리었다. 열광적인 박수 소리가 끊임없이 터져 올랐다. 합창이 끝나자 그들은 무대에 뛰어 올라가 아동유희대원들을 얼싸안았다. 금녀는 친인들이 왜놈들에게 피살된 참상을 노래에 담아 춤추었다. 노래와 춤이 어찌도 생동하고 비장했던지 온 회장이 흐느꼈다. 그 시기 주보중도 금녀의 생동한 공연을 보고 이렇게 말하였다.
　"그 애의 공연이 어찌도 격조 높이 사람들의 가슴을 치는지 관중들은 진심으로 감동되었으며 지어 눈물까지 흘렸다."
　특위아동유희대의 공연은 이르는 곳마다 성황을 이루었다. 구국군과 산림대의 병사들은 과자 등을 안겨주며 그들을 환영하였다. 그들이 받은 교양은 하도 커서 글로 다 표달하기 어렵다. 유희대는 공연 기간을 20일로 했으나 돌아설 수 없었다. 동만에서 사람을 띄워 인차 보내달라고 했더니 한 주일만 더 기다려 달라는 답변이 왔다. 그러나 그들은 세 주일이 더 지나서야 보내 주었다. 아동유희대가 귀로에 오를 때 그들은 권총 2자루에 장총 6자루, 옷, 밀가루, 돼지고기 등 많은 선물을 안겨주었다.

1935년 가을에 나자구 항일유격 근거지에서 활동하던 동북인민혁명군 제2군 3연대(원 왕청현 유격대를 기초로 개편됨.)와 4연대(원 훈춘현 유격대를 기초로 개편됨.) 주력부대는 북만으로 전이하기 시작하였다. 당, 단 조직과 혁명단체들도 이어 전이하게 되었다. 이리하여 나자구 근거지는 크게 축소되었다. 금녀는 유희대와 함께 식량준비에 나섰다가 나자구 일대에서 불행히 일제 헌병대 놈들에게 체포되었다.

헌병대 놈들은 처음 금녀에게서 부대와 근거지 이동형편을 알아보려고 달콤한 말로 꾀였다. 유혹에서 실패를 당하자 위협을 들이댔다.

"어서 말해. 만약 네가 말하지 않으면 우리는 너를 죽이겠다. 이 무서운 총과 칼을 보아라!"

"더럽다. 너 같은 개들하고는 말하지 않겠다!"

죽음을 각오한 금녀는 적들을 조소하면서 왜놈장교의 낯짝에 침을 탁 뱉었다.

적들은 노발대발했다. 살인귀들은 금녀에게 뭇매를 들이댔다. 소녀는 쓰러지면서도 놈들을 쏘아보았다.

헌병대 놈들은 나중에 피투성이 된 금녀를 군중들 앞에 내세웠다. 군중들은 일제 놈들의 야만성에 치를 떨었다. 놈들은 금녀에게 잘못했다는 말 한마디만 하면 살려준다고 씨불이었다.

최후의 순간, 금녀는 비분에 흐느끼는 군중들을 향해 목청껏 외쳤다.

"아버지, 어머니! 왜 우십니까, 우지 마세요. 혁명군 아저씨들이 꼭 원수를 쳐 없애요. 광복의 그날까지 굳세게 싸워 주십시오. … 일제 놈들을 타도하자! 혁명 만세! …"

저주로운 총 소리, 그때 '종달새' 소녀 금녀는 겨우 12살이었다.

금녀의 장렬한 최후는 동만특위와 공산국제의 해당 출판물을 통하여 세계에 널리 알려졌다. 『구국시보』는 『어린 열녀의 약전』이라는 표제로 소녀의 장렬한 최후를 보도하였다. 『구국시보』는 프랑스 파리에서 꾸리는 중국공산당의 신문이었다.

반석이 낳은 아동단원

남만의 서버리하투에는 항일아동단원으로 활약하다가 14살의 애어린 나이에 비장한 최후를 마친 윤경무라고 부르는 소년이 있었다. 그는 1919년에 반석현 서버리하투의 한 반일가정에서 태어났다.

서버리하투는 60여세대의 조선족이 옹기종기 모여 사는 산간 마을이다. 훗날 중공반석중심현위 소재지와 남만 일대 항일 근거지의 중심지로 된 이 마을은 일찍부터 리홍광 등 조선족혁명가들이 드나들며 혁명의 터전을 닦기 시작하였다. 그들과 부모님들의 영향하에서 윤경무는 어린 나이에 벌써 일본침략자와 봉건 통치배들은 한 하늘을 떠이고 살 수 없는 불공대천의 원수 놈들이라는 것을 깨달았다.

경무의 집은 마을의 서쪽모퉁이에 자리 잡았는데 중심 현위기관이 바로 그의 집에 설치되었다. 아버지와 어머니는 한다하는 현위 교통원이었다. 그러던 아버지가 1931년 초에 그만 봉천(오늘의 심양)에서 놈들에게 체포되어 불행히 희생되었다. 이 비보에 접한 경무는 울분에 치를 떨다가 종주먹을 으스러지게 틀어쥐었다. 1930년경에 벌써 아동단에 가입한 그는 마을의 20여 명 아동 단원들과 더불어 마을의 안팎 보초와 통신연락, 탐정 등 일에 헌신적으로 뛰어들면서 슬픔을 용케도 이겨내었다.

중심현위의 기관이 경무의 집에 자리 잡은 데서 어마어마한 어른들과 동지들이 자주 드나들었다. 그중에 중공만주성위의 순시원들인 양군무, 양림, 풍중운 등 지도동지들이 들어 있다면 중심현위 산하 각 구위와 특별 지부의 지도자들과 교통원들도 그의 집에서 사업임무를 맡고 각지로 떠나갔다.

1932년 2월의 어느 밤에 반석유격대 대장 리홍광과 류 동무가 잠간 현위기관에 들렸다. 경무 어머니는 눈 속을 헤치며 버리하 강가 지름길까지 그들을 바래었다. 그가 집에 들어서니 현위 부녀간부 조명신이 한창 현위 등사신문-『혁명 청년보』에 실을 글을 쓰고 있었고 현위취사원 김순화는 윗목에서 버선을 깁고 있었다. 그때까지도 경무는 나무권총을 만들기에 여념이 없었다. 조명신이 반색하며 일어나 경무 어머니의 꽁꽁 언 신을 벗겨드리자 경무 어머니가 눈을 흘기는 척 하였다.

"조 공작(별호), 바쁜데 어서 제 일이나 하오. 난 김 누나(즉 김순화)와 같이 산에 보낼 버선을 깁겠소."

"호호호, 괜찮아요."

조명신은 경무 어머니를 구들에 모셔 올리고는 자기 일에 몰두하였다. 그가 밤낮이 따로 없이 사업을 끈질기게 내미는데서 동지들은 그를 '조 공작'이라고 친절히 불렀다. 그때는 모두가 별호로 통했는데 어린 경무가 그 의미를 알 리 없어 재잘거렸다.

"누나, 왜 누나 보고 조 공작이라 하나?"

"이 녀석, 버릇없이 …"

경무 어머니는 아들이 공연히 삐친다며 나무람 했다. 그러자 김 누나가 말참견을 했다.

"경무야, 그것도 몰라? 남의 사상공작을 잘하니 조 공작인 거지

…"

그 말에 모두들 짝자그르 폭소를 터뜨렸다. 경무는 멋 적게 뒷 수더기를 긁어댔다.

그때 바깥에서 자취 소리가 나더니 마을가에서 보초 서던 박 동 무가 중절모자를 쓴 웬 사나이를 데리고 들어섰다. 만주성위에서 파견한 교통이라고 떠드는 품이 서툴기 그지없었다. 그가 현위를 찾아 중요 문건을 전하겠다고 서두르니 경무 어머니는 대뜸 경각 성을 높이었다. 당시 교통원들은 만주성위를 '큰집', 현위를 '작은 집'이라고 했었다. 하니까 십상팔구는 우리 사람이 아니었다. 경무 도 눈치를 챘다. 어머니가 누나하고 같이 나가서 '너의 형'을 찾아 주라고 귀띔하자 약삭빠른 경무는 제꺽 자리를 차고 일어섰다.

경무와 김 누나는 지체 없이 적위대 윤 대장네 집으로 가서 자 초지종을 말했다. 경무는 그래도 시름이 놓이지 않아 특무 놈이 틀림없다고 찍었다. 뒤미처 핑계를 대고 자리를 뜬 조명신도 윤 대장을 찾아 조치를 강구하였다. 윤수산 대장은 적위대원들을 불 러 임무를 주고는 곧장 경무네 집으로 갔다. 몇 마디 안짝에 사 나이의 정체가 드러났다. 알고 보니 그자는 '보민회'에서 보낸 끄 나풀인데 영사관놈들이 거느린 보민회의 어중이떠중이들이 마을 밖 버들 숲에서 이자의 신호를 기다리고 있었다.

마을 밖의 버들 숲에서 이제나저제나 하던 보민회의 일본특무 놈들이 적위대의 불의습격을 당했다. 눈 깜짝 새에 몇 놈이 너부 러지더니 혼비백산한 나머지 놈들은 걸음아 날 살려 라고 줄행랑 을 놓았다. 습격 전에 참가한 윤경무는 사기가 부쩍 올랐다. 그는 적위대의 형님들과 함께 놈들의 뒤를 바싹 쫓았다. 20리도 못 가 서 리홍광이 거느린 유격대가 앞을 썩둑 잘랐다. 적위대와 유격대는 앞뒤로 협공하여 10여 명의 보민회 놈들을 보기 좋게 쓰러 눕히고 그자들이 휴대한 총을 몽땅 빼앗았다. 경무도 추격 도중 권총 한 자루를 노획하여 우쭐했다. 허리춤에 척 지르니 제법 유격대전사 같았다.

그 번 보민회 놈들과의 겨룸에서 윤경무는 아동단원의 영예를 빛냈다. 그만큼 경무는 현위의 보위와 통신연락에 신경을 모았고 중요한 회의가 있을 때마다 마을 밖 멀리 산마루까지 지켜서며 현위 동지들의 안전을 도모하였다.

얼마 후 윤경무를 친동생처럼 아껴주던 조명신 누나가 현위의 지시를 받고 외지로 떠났다. 경무는 서운하기만 했다. 다행히 김 누나의 남편 김 동무가 사업회보차로 경무의 집을 찾으니 집안은 대뜸 화기로 넘치었다. 반동구위에서 지하공작을 하는 김 동무는 한 달 만에 아내를 만났으나 어린 경무는 부부 사이 사랑을 알 리 없었다. 그는 김 동무에게 틈을 줄세라 종알거렸다.

"아저씨는 왜 총이 없나?"

"총이야 유격대 아저씨들이 쓰는 거지 …"

"총이 없이 어떻게 왜놈을 치나? 우리 아동단에도 권총 한 자루가 있는데 …"

경무는 권총을 자랑하고 싶어 김 동무를 뱅뱅 싸고돌았다. 어이없는 것은 경무 어머니였다. 아들놈을 떼놓아야 하였다. 그래서 그는 경무에게 바깥 보초를 부탁했다. 임무에 충실한 경무는 언제 어리광을 부렸던가 싶게 자기 초소로 달려갔다.

1932년 4월 3일과 5월 1일, 5월 7일에 반석 일대의 혁명군중들은 중공만주성위 순시원 양림과 리홍광 등 동지들의 지도 밑에 연속 세 차례의 반일농민폭동을 단행하였다. 5월 7일의 하마하자 폭동은 규모가 보다 커서 참가자가 무려 4000여 명에 달했다. 이 날 아동단원들과 함께 폭동대오에 합류한 윤경무는 "중국철도에 일제 놈의 기차가 통하지 못한다!" 등 구호를 높이 부르며 노령 일대의 길해철도 수십 리 파괴에 떨쳐나선 폭동자들을 고무하였다. 이튿날에 있은 시위행진과 주구청산에도 경무는 두렴 없이 나섰다.

하마하자 폭동은 적들의 불안과 공포를 자아냈다. 일제 놈들이 위만군을 긁어 모아가지고 대거 '토벌'을 준비하고 있다는 정보가 현위에 보고 되었다. 성위순시원 양림은 중공 반석중심현위의 동지들과 함께 연 사흘 동안 긴급회의를 가지고 대책을 강구하였다. 이 기간 윤경무는 아동단원을 데리고 마을 밖 산 위에서 보초를 서며 긴장이 돌아쳤다.

그런 어느 날 적'토벌대'는 끝내 서버리하투에 마수를 뻗치었다. 교활하기 짝이 없는 놈들이 숲 속으로 몰래 기어든 데서 아동단보초선에서는 미처 적정을 발견하지 못하였다. 경무와 맴돌이는 그만 체포되고 말았다. 한데서 제일 보초선에서는 적정신호를 띄울 수 없었다.

서버리하투가 위험에 처한 시각 김 누나가 강가에서 빨래를 하는 척하다가 적정을 발견하고 급보를 띄웠다. 적들이 서버리하투에 달려들었을 때는 현위의 지도일꾼들이 이미 숲 속의 비밀아지트로 안전하게 전이한 뒤였다.

미처 철거하지 못한 마을 사람들이 경무네 집 마당에 강제로 끌려왔다. 그 속에는 경무 어머니도 섞이었다.

이윽고 적들은 경무와 맴돌이를 사람들 앞에 내세웠다. 두 아동단원은 밧줄에 꽁꽁 묶이었지만 두려워하는 기색이라곤 찾아볼 수 없었다.

왜놈 중대장은 한간 놈의 고발로 사람들 속에 끼인 경무 어머니를 쉽사리 찾아내고 현위 행방을 탐문하였다. 경무 어머니가 모르쇠를 대니 급해 난 한간 놈이 그의 뺨을 사정없이 후려쳤다. 50대 여인의 입에서는 대뜸 붉은 피가 흘러내렸다. 경무는 "어머니!"하고 몸부림쳤지만 어찌는 수가 없었다.

왜놈 중대장은 경무를 어머니 앞에 끌어내고 아우성쳤다.

"말이나 하지 않으른 알았소까? 당신의 아들이 …"

놈은 군도를 경무의 목에 바투 들이대고 위협하였지만 경무 어머니는 그자를 쏘아보며 입을 앙다물었다.

"엉? 요시, 불을 질럿!"

독이 잔뜩 오른 중대장 놈은 초가집에 불을 지르게 하고는 경무를 불길 앞에 끌고 갔다.

"이래도 말이나 안 했소까?"

놈은 돼지 멱따는 소리를 질렀지만 경무 어머니는 눈을 딱 감을 뿐이었다.

경무도 만만치 않았다. 방금 전 어머니의 시선에서 그 뜻을 읽은 그는 머리를 떳떳이 쳐들었다. 그들 모자의 도고한 기상 앞에서 넋을 잃은 왜놈 중대장은 드디어 야수의 본성을 드러냈다. 놈은 "악— "하는 소리와 함께 군도를 번쩍 들어 경무의 배를 갈랐다.

경무 어머니는 그 이상 더 버티어내지 못하고 선 자리에 쓰러졌다. 경무는 활활 타오르는 불속에 던져졌다.

그때다.

마을 밖에서 자지러진 총 소리가 들리더니 리홍광이 유격대를 거느리고 짓쳐왔다. 놈들은 별반 저항하지 못하고 패주하고 말았다.

때는 늦었다. 경무 어머니는 정신을 차리고 뒤미처 달려든 리홍광, 조명신 등 동지들에게 안기었으나 나어린 경무는 현위동지들의 안전을 위해 14살의 애어린 삶을 비장하게 마감 지었다.

윤경무의 비장한 최후는 현위를 통하여 근거지 안팎에 널리 퍼지였다. 그와 그의 어머니의 살뜰한 관심과 호위를 받았던 동지들은 경무를 외우지 않은 사람이 없었다. 경무는 실로 반석이 낳은 꼬마영웅으로 되기에 손색이 없다.

약수동의 애솔나무

화룡시 투도진에서 서쪽으로 약 10킬로미터 가노라면 약수동 마을에 닿게 된다. 전 동북적으로 첫 폭의 소비에트 붉은 기가 휘날렸던 여기 약수동은 일본침략자와 용감히 싸운 60여 명 조선족 항일투사들의 선혈이 슴베인 유서 깊은 고장이다. 적들과 싸우다가 불행히 희생된 소선대원 박호철도 그중의 한 사람이다.

호철이는 1916년에 약수동 박씨가문의 넷째아들로 태어났다. 그러나 다병한 어머니가 젖이 없어 맏형수의 젖을 먹으며 자랐다.

호철이는 한 해, 두 해 커갔다. 남달리 총기가 좋고 용감한데서 동네 아이들의 심목중의 '왕'으로 되었다. 이 '왕'은 아이들을 모여 놓고 아버지나 형님들, 이상분들 한테서 들은 옛날 장수들의 이야기를 하기도 하고 아이들을 뒷산에 데리고 가서 군사놀음을 벌리기도 하였다. 어린 호철이 앞에는 무서운 것이란 없었다. 의외의 일에 부딪쳐도 움쩍하지 않았다. 한데서 사람들은 호철이를 무척 귀여워하면서 '태평'이라고 불렀다.

호철이는 사립약수학교로 다니면서 딴 사람으로 변해 갔다. 혁명가인 맏형 박세진(훗날의 중공 연길현위 서기, 항일열사)과 학교선생님들의 영향 밑에서 그는 소선대에 가입하였다. 열 살이 채 못 되어 친어머니를 여의었지만 그는 이 설움을 용케도 이겨

냈으며 바르지 못한 현실사회를 박산내고야 말리라는 신념을 드팀없이 키웠다.

1929년에 약수학교를 졸업한 호철이는 조직의 추천으로 동창생 정창근이와 같이 투도구 사립신흥학교 보습반에 다니었다. 이해 11월 26일 학교학생들은 사립약수학교, 사립룡평학교의 학생들과 같이 조선광주학생운동을 지지 성원하는 학생반일 시위 투쟁을 벌렸는데 호철이는 투쟁의 앞장에 서서 활약했다.

호철이는 1년이란 보습반 시절을 마치고 1930년 봄에 리범진, 정창근과 함께 용정 사립대성중학교 2학년에 입학하였다. 이해 5월 그는 동무들과 같이 용정에서 국내외를 들썩한 동만(연변) 5·30폭동에 참가하였다가 적들에게 체포되어 용정의 간도일본총령사관을 거쳐 서울 서대문 형무소에 압송되었다. 적들은 호철이의 입을 열려고 잔인한 악형까지 서슴없이 들이댔으나 허사였다. 호철이가 목숨으로 조직의 비밀을 고수한데서 적들은 아무런 단서도 쥐지 못하였다. 적들은 1931년 4월에 호철이를 석방하지 않을 수 없었다. 마을로 돌아온 뒤 그는 약수동소선대 소대장으로 활약하면서 눈부신 투쟁을 벌였다.

이해 가을, 약수동과 그 일대에서도 대중적 추수투쟁이 일어났다. 박호철은 소대의 소선대원들을 이끌어 시위대열에 뛰어들었다. 그는 시위대열의 앞에서 구호를 외치고 혁명가요를 부르는 한편 딱총, 폭죽 등을 터뜨리면서 투쟁의 성세를 불러 일으켰다.

1931년 9·18사변 이후 공산당이 지도하는 각지 반일유격대는 보다 적극적으로 출격하며 도처에서 적들을 족쳤다. 이에 질겁한 일제침략자들은 이듬해 4월부터 동만 당 조직과 혁명군중에 대한 피비린 소탕을 개시하였다. 당에서는 적들의 손에서 무기를 빼앗아 자기를 무장하며 적을 항격하라고 호소하였다.

어떻게 하면 적들의 손에서 무기를 빼앗을까? 호철이는 이것을 두고 머리를 짰다. 그러던 어느 날 그는 원삼룡, 김창용, 원인수, 손정식, 허정숙 등 여러 소선대원들을 데리고 약수동 부근의 한 지주집의 무기를 탈취하였다. 그 무렵에 약수동 주변에 있는 류가라는 지주집의 무기도 약수동 적위대한테 털리었는데 이는 박호철 등이 정탐한 결과였다.

호철이는 무기획득투쟁에서 거둔 성과로 하여 당 조직의 표양을 받았다. 허나 호철이는 이에 만족하지 않고 소선대원들을 여러 곳에 보내어 무기를 정탐하는 활동을 계속 드세게 벌리었다.

약수동에서 약 5킬로미터 떨어진 곳에 반가지팡이라는 한 마을이 있었다. 이 마을 반가라는 지주는 10여 명의 사병까지 거느리고 세도를 부리었다. 이 정보를 입수한 호철이는 약수동 적위대 부대장 손태익 등과 여러 차례 모여 앉았다. 드디어 손태익 등 6명 적위대원과 박호철 등 5명 소선대원을 성원으로 한 습격조가 무어졌다. 때는 1932년 가을이었다.

어느 날 반가지팡에로 통하는 길에 일본 국기를 든 '일본헌병대' 11명이 나타났다. 이들 일행은 일본헌병으로 가장한 약수동 습격조였는데 반 지주집의 토성 앞에 가서 발걸음을 멈추었다. 마침 지주집 말몰이꾼이 말을 몰고 나오다가 '일본헌병대'와 마주쳤다.

"너의 집 주인이 있느냐?"

누군가 버럭 호통을 쳤다. 와뜰 놀란 말몰이꾼은 습격조의 호령대로 손태익과 박호철 둘을 집안으로 안내하였다. 다른 습격조원들은 집주위에 재빨리 흩어져 각자의 임무수행에 나섰다.

지주 반가가 손태익과 박호철을 허겁지겁 맞아주었다.

"너의 집 무기를 산림대에서 다 가져갔다는 말이 사실인가?"

"아, 아니올시다. 우리 집 무기는 집에 모두 있는데요."

"그럼 내놔라 어디 보자."

"예! 예!" 덴겁한 지주는 엽총 등 10여 자루의 무기를 내놓았다.

"이걸 보지, 좋은 무기는 죄다 산림대에 보내고 나쁜 것만 남겼구나."

박호철이가 꽥 소리 질렀다. 지주는 부들부들 떨었다.

"아닙니다. 저의 집에는 원래 이런 총들밖에 없습니다."

"탄알은 다 어쨌느냐?" 호철이는 바투 들이댔다.

"탄알도 다 있습지요."

혼 나간 지주는 숨겨둔 탄알상자마저 내놓지 않을 수 없었다.

"우리 영사관에서 너의 집에 이보다 더 좋은 무기가 많다는 걸 알고 있는데 이뿐이라면 좋다. 총과 탄알을 마바리에 실어라. 우리하구 같이 영사관에 가서 해결 짓도록 하자!"

이윽고 지주의 무기와 탄알이 마바리에 실리었다. 반가도 포승에 묶인 채 마바리에 올랐다.

습격조원들은 지주집을 벗어나자 마바리를 산속으로 몰아갔다. 지주는 깜짝 놀랐다. 의혹의 눈초리를 주위에 돌릴 때는 이미 늦었다.

"이놈아, 우리가 정말 일본헌병인 줄 알았더냐? 우리는 적위대와 소년선봉대다!"

호철이는 호탕하게 웃었다. 동무들도 따라서 웃음보를 터놓았다. 그들 일행은 붉은 기를 휘날리며 평강구 유격대를 찾아 장인강 산 속으로 들어갔다.

그해 늦가을 박호철 등 약수동의 소선대원 6명은 팔가자 지주

대가의 집을 바라고 길을 떠났다. 헌데 무기를 가진 자들이 죄다 외출한데서 헛 탕을 치고 말았다. 때는 저녁 무렵이라 배가 출출해났다. 그들은 팔가자에서 몇 리 떨어진 한 간이음식점을 찾았다.

음식점에 마침 요리사 둘이 있었는데 벽에는 엽총 두 대가 보란 듯이 걸려 있었다.

이거 웬 떡이냐, 박호철은 제꺽 권총을 빼들었다. 두 요리사는 결박당한 채 엽총을 빼앗기였다. 호철이는 한 요리사를 풀어 주고 저녁상을 갖추라고 하였다. 헌데 누가 알았으랴, 소선대원들이 경계심을 늦춘 사이에 소변 보러 간다던 요리사가 부근의 적'토벌대'에 밀고할 줄이야.

소선대원들은 적들의 불의의 습격을 받았다. 호철이는 소선대원들을 지휘하여 적들과 맞불질을 하는 한편 논밭으로 내달았다. 호철이는 맨 뒤에서 동무들을 엄호하다가 찰나 적탄에 맞았다. 호철이는 자기의 권총을 김수억한테 넘겨주면서 명령조로 말했다.

"이 총을 가지구 빨리 달아라. 나는 죽는 사람이다, 어서!"

이는 호철이가 최후로 남긴 한마디였다. 그는 자기의 목숨보다도 무기를 더 소중히 생각했던 것이다. 무기 ― 일제를 물리치고 잃은 조국을 찾는데 없어서는 안 될 필수품이 아닌가!

그가 희생된 후 약수동 소년선봉대대원들은 그가 남겨준 무기를 들고 그의 혁명정신을 본받아 항일의 불길을 계속 지펴나 갔다.

불굴의 소녀

리어순은 항일의 봉화가 세차게 타올랐던 년대에 열길현(오늘의 용정현) 봉림동(鳳林洞)에서 자라났다.

혁명에 참가한 오빠 리용국(훗날의 중공 왕청현위 서기)과 올케 김영식의 영향을 심히 받은 어순은 벌써 봉림동 사립대동학교에 다닐 때 '학생동맹'에 참가하였고 후에는 소년선봉대에 들어서 소선대대장으로 활약하였다.

1930년 6월 이후 공산당이 지도하는 소년선봉대조직이 온 연변 땅에 우후죽순처럼 일어섰다.

봉림동에도 소선대가 조직되었다. 이해 15살인 리어순은 소선대 조직에 선참으로 가입하였다. 소선대원으로 된 어순이는 소선대 조직을 비밀리에 넓히라는 공청단조직의 지시를 받았다. 허나 소년들이라 하여 무턱대고 조직에 받아들일 수는 없었다. 맘이 약하고 겁이 많으면 조직의 비밀이 쉽사리 드러날 수 있기에 소선대원을 물색할 때 심중해야 했고 입대 전에 사상준비를 앞세워야 했다.

그 시기의 일이다. 어순이가 살고 있는 봉림동 하촌의 한 소년은 조직을 부러워하면서도 또 주저하였다. 어순이는 조직으로부터 그 소년을 교양할 과업을 맡고 조용한 곳에서 그를 찾았다.

"애, 넌 무슨 우려가 있는 것 같구나."

"아니 난 …"

어순이의 열정적인 태도에 소년은 몸 둘 바를 몰라 했다.

"우려할건 없다. 너희 집을 보아도 혁명가정이 아니냐?!"

"그렇긴 해."

"그렇다면 두려울 것 뭐냐. 너는 우리 조직에 가담할 토대를 가졌어. 우리 같이 힘을 합쳐 일제와 용감히 싸우자꾸나. 혁명가의 자식은 혁명가의 자식다워야 한다."

어순이는 소년의 손을 꼭 잡아주었다. 소년은 드디어 가슴 한 구석 우려를 말끔히 가셔버리었으며 소선대 조직에 들어 조직에서 주는 과업을 뛰어나게 수행하였다.

소선대 조직은 신속히 늘어났다. 어순이는 소선대 대장으로 되었다. 그는 중대산하 하촌, 동골, 서골 등지의 소선대원들을 이끌어 삐라살포와 포스터 붙이기, 통신연락, 망보기 등 활동을 활발히 벌리었다.

리어순은 용감하고 기민하며 생각이 깊고 성격이 활달하였다. 조직에서는 어려운 과업을 늘 어순에게 맡기곤 하였다.

어느 날 조직에서는 하촌에서 4리가량 떨어진 동골로 통신연락을 가라는 임무를 어순에게 주었다. 어순이는 다른 한 남자소선대원을 데리고 길을 떠났다. 걸음을 잘 걷는다고 우쭐하면서 걷던 애가 갑자기 우뚝 멈춰 섰다.

"애, 어순아, 저것 봐, 놈들이다."

남자애가 다급히 소리치자 어순이는 앞을 살펴보았다. 한 무리의 적들이 하촌 마을 쪽으로 오고 있었다. 편지를 몸에 간직한 어순이는 심각한 표정을 지었다.

"어순아, 어떻게 할까?"

남자애가 물었다.

"당황해하지 말아."

어순이는 침착하게 말하고는 생각을 굴리었다. 놈들을 피할 수도 없고 맞받아 그냥 갈수도 없었다. 놈들을 주시하면서 생각을 더듬던 어순이는 남자애에게로 눈길을 돌렸다. 순간 한 가지 생각이 피뜩 떠올랐다. 어순이는 얼른 남자애의 귀에 대고 나직이 속삭이었다.

"애, 너 빨리 내 머리채를 거머쥐고 때려라."

어순이의 뜻을 알아차린 소년은 머리를 끄덕였다. 그들은 서로 부둥켜안고 싸움질을 하였다.

남자애는 씩씩거리면서 여자애의 머리채를 거머쥐고 발로 찼고 여자애는 고무신짝으로 남자애를 때리며 엉엉 울어댔다. 이 광경을 목격한 놈들은 두 아이를 의심하지 않고 지나가버렸다.

놈들이 가버리자 싸우던 두 애는 손을 놓고 놈들이 간 쪽을 돌아보았다.

"멍청이 같은 놈들, 우리에게 감쪽같이 속히웠거든."

어순이가 놈들을 비웃으며 말했다.

"신짝 맛이 꽤 매운데."

남자애가 익살을 부리었다.

"내 머리채가 거의 빠질 뻔 했어."

"하하하!"

"호호호!"

그들 둘은 통쾌하게 웃으며 다시 길을 떠났다. 이날 그들은 통신임무를 훌륭하게 완수하였다.

어순이는 늘 경각성을 높이고 있었다.

1930년 7월의 어느 날이었다. 소선대원들을 데리고 마을을 순시하던 어순이는 한 낯선 사람과 마주쳤다. 농립모를 눌러 쓴 그 사람은 사방을 두리번거리며 살피는 품이 어쩐지 수상쩍었다. 그 사람은 어순이 또래와 마주친 순간 얼굴에 당황한 빛을 띠우더니 인차 간사하게 웃으며 물었다.

"애들아, 이 마을에 리용국이란 분이 있지? 난 그 사람과 잘 아는 사이란다."

그 사람은 아이들의 눈치를 살피면서 사위를 휘둘러보다가 호주머니에서 수첩을 펼쳐들었다. 그리곤 수첩에 적혀 있는 사람들을 하나하나 대면서 이 사람들이 지금 마을에 있는가고 물었다.

"애들아, 난 급한 일이 있단다. 얼른 알려주려무나."

하지만 누구하나 대답하지 않았다. 어순이는 이 사람의 거동이 수상하였다.

─이상한데, 난 왜 저런 사람을 본 생각이 나지 않을까? 저 사람의 행동은 참 수상하다. 조직에 알려 이 사람의 정체를 밝혀야겠다. ─

그 사람이 자리를 뜨자 어순이는 인차 뒤를 밟았다. 그 사람은 몇 걸음 걷다가는 슬그머니 뒤를 돌아보기도 하고 좌우를 살펴보기도 하였다. 어순이는 그 사람이 인차 마을을 벗어나지 않을 것이라고 인정하고 책임자를 찾아 정황을 보고했다.

혁명자들이 그 사람을 데려다 물었을 때 그 사람은 구수하에서 왔다고 능청을 부리었다. 했으나 동지들의 예리한 눈을 속일 수 없었다. 조직에서 알아본 데 의하면 그자는 용정의 일본총령사관에서 파견한 밀정이었다.

1931년 가을, 추수투쟁의 불길이 또 온 연변을 휩쓸었다. 일제와 봉건지주들의 착취와 억압을 받을 대로 받아온 봉림동 일대의 농민들도 10월에 잡아들자 이 투쟁에 뛰어들었다.

　하루는 봉림동의 300～400여 명 군중들이 사립대동학교 마당에 모여들었다. 그들은 지하당조직의 책임자 리용국과 김진의 지도 밑에 헤치기조와 운반조로 나뉘어 마을의 지주집으로 몰려갔다. 리어순이는 소선대원들을 이끌고 대열의 앞에서 나아갔다.

　"일본제국주의를 타도하자!"

　"반동지주를 타도하자!"

　"3·7제, 4·6제를 철저히 실시하자!"

　"우리가 지은 곡식은 우리가 먹어야 한다!"

　우렁찬 구호 소리는 천지를 진감하였다. 이날 질겁한 지주들은 농민들의 요구를 순순히 들어주지 않을 수 없었다.

　이번 투쟁에서 단결의 위력을 보게 된 봉림동 군중들은 용암동, 소완자(지금의 인평) 등지의 군중들과 합류하여 소완자에 있는 대지주 치광윤의 집을 포위해 들어갔다. 소선대를 책임진 어순이는 앞뒤로 분주히 뛰어다니며 구호를 외치기도 하고 분필로 바람벽, 담장에 구호를 쓰기도 하였다. 그들의 용감한 행동에 고무된 군중들의 정서는 더욱 앙양되었다.

　수천으로 헤아리는 군중들은 물밀듯이 지주집으로 모여들었다. 하늘땅을 진감하는 구호 소리는 지주 치광윤을 혼비백산케 하였다. 치광윤은 삼십육계에 줄행랑이 제일이라고 뒷문으로 뺑소니를 치고 말았다. 지주집을 지켜주던 사병들은 5연 발 총을 가지고도 어쩌지 못하고 벌벌 떨기까지 하였다. 군중들은 대문을 밀어젖히고 들어가 마당에 산더미처럼 쌓인 벼, 조 등 노적가리를 헤치고

4·6제 원칙에 좇아 소작인들 집으로 날라 갔다. 다른 지주들은 세력이 당당한 치광윤이 봉변당하는 것을 목격하자 간이 콩알만 해서 대문을 열고 담판대표들을 집에 맞아들였으며 4·6제의 정당한 요구를 감히 거절하지 못하였다.

이 투쟁에서 리어순은 더 한층 단련되었다.

그 뒤 열일곱 살 잡던 해인 1932년에 그는 공청단에 가입하였다. 단사업과 부녀회책임까지 맡은 어순이는 매일 바삐 보내었다.

한번은 마을에 사는 리도경이라는 가난한 농민이 지주의 꼬임에 들어 제수를 팔아먹은 망측한 짓을 저질렀다. 그때는 봉건사상에 물젖은 집들에서 여자들을 밖에 내놓으려 하지 않는 때였다. 특히 매매혼인은 당시 여성들의 가슴을 몹시 아프게 하였다. 어순이는 여성들을 혁명의 길로 이끌려면 매매혼인문제를 해결해야 한다고 생각하였다. 어순이는 여성들을 모아놓고 매매혼인의 해독성을 까밝히면서 여성들이 해방을 얻자면 조직의 두리에 뭉쳐 매매혼인을 반대해야 한다고 선전하였다. 한편으로 제수를 팔아먹은 리도경이를 찾아가 제수를 판 것이 어떻게 나쁘다는 도리를 말해주었다. 어순의 교양을 받은 리도경은 다시는 이런 일을 하지 않겠다고 태도를 표시하고 외지에 팔아버린 제수를 도로 데려왔다. 이 일은 온 마을 여성들을 크게 진동하였다. 어순이의 선동 밑에 많은 여성들이 가정울타리를 벗어나 혁명에 나서게 되었다.

봉림동 일대에서 혁명의 불길이 날따라 세차게 타 번지자 당황해난 적들은 더욱 미쳐 날뛰었다. 1932년 음력 8월 초나흗날 저녁 무렵, 일제토벌대는 봉림동에 달려들어 삽시간에 마을들을 불바다로 만들었다. 많은 혁명자들과 군중들이 피 못에 쓰러졌고 조직은 엄중하게 파괴되었다. 어순이는 이 참혹한 현실 앞에 머리를 숙이지 않았다. 그는 원수에 대한 뼈에 사무치는 증오를 품고 조직을 재건하는 간고한 투쟁에 나섰다.

그해 음력 9월 23일이었다. 리어순은 조직의 부름을 받고 유격구로 들어가게 되었다. 그는 필요한 물건들을 갖추려고 토벌을 맞은 후 비워 있던 자기 집에 들렀다가 콩마당질을 하였다.

이때 망을 보던 공청단원 김득철(18살)이 급급히 뛰어와 조양천분주소 순사 놈들이 마을에 달려든다고 알리었다. 득철이는 제꺽 어순의 팔을 잡고 뒷문으로 빠져나갔으나 때는 이미 늦었다. 그들을 발견한 적들은 집 앞 언덕에 기관총을 걸어놓고 마구 쏘아댔다. 어순이와 득철이는 이를 악물고 뛰었다. 갑자기 김득철이 총탄에 팔을 맞고 비칠거렸다. 득철의 앞에서 달리던 어순이는 급기야 돌아섰다. 사복한 순사 한 놈이 덮쳐들어 득철의 어깨를 덥석 잡았다. 득철은 날래게 그 놈을 재껴 넘겼다. 허나 뒤에 오던 놈이 들이닥치는 바람에 득철이는 끝내 붙잡히고 말았다. 어순이도 붙잡혔다. 어순이는 자기를 붙잡고 있는 놈들을 뿌리치고 자기의 치맛자락을 찢어 득철의 상처를 싸매주었다.

"이 원수를 …"

득철이는 이를 으드득 갈았다.

"염려 말아, 우리 동지들은 이 원수를 꼭 갚을 것이다."

어순이는 신심 가득히 말했다.

"당금 죽을 것들이 무슨 악다구니질이야."

순사 놈이 씨벌였다.

"흥! 우리는 비록 죽는다만 우리 동지들이 살아 있다. 네놈들이 죽을 날이 멀지 않았다."

어순이는 득철이와 함께 묶이어 끌려가면서도 머리를 떳떳이 쳐들고 욕설을 퍼부었다. 머리카락과 찢어진 검정치마가 바람에 날렸다. 그들은 소철역이었던 구 정거장(지금의 조양천 아래 교동 부근) 앞골에 끌려가 무참히 살해당했다. 그들은 생명의 마지막 순간까지도 온 힘을 다하여 "일본제국주의를 타도하자!"라고 높이 외쳤다.

봉림동 소선대원들의 미더운 선줄군이며 나어린 소녀투사인 리어순은 이렇게 애젊은 일생을 항일전에 다 바쳤다.

비암산의 진달래

봄이 익어간다. 봄볕을 안은 전야는 아지랑이를 한껏 토해낸다.
비암촌의 김진택 어린이는 마음이 싱숭생숭해났다.

"삼촌, 저 산 고개에 가 놀지 않으련?"

"산에? 가자!"

진택이 보다 한 살 아래인 삼촌 병기는 두말없이 맞장구쳤다.
그러잖아도 진택이를 조용히 붙들고 싶은 터였다. 둘은 와와 소
리치며 중간고개로 달음을 쳤다.

진택이와 병기가 산마루에 오르니 활짝 핀 진달래꽃이 어서 오
라는 듯 미풍에 하느작거린다.

"아, 진달래!"

둘은 진달래향기에 푹 취하였다. 진택이는 진달래 꽃술을 세어
보다가 환성을 지른다.

"삼촌, 이것 봐, 꽃술이 열세 개야. 할아버지가 그러는데 꽃술
이 열세 개면 그해 농산 대풍이래."

병기가 세어보니 과연 열세 개였다.

"어 - 대풍이야, 대풍이야."

두 어린이는 봄날이 좋다고, 대풍이 든다고 봄날의 대자연 아
래 이저리 뒹군다. 뾰족뾰족 돋은 새파란 풀싹들마저 그들을 시

샘하는 상 싶었다.

"진택아, 이리 온"

좀 지나 병기가 진택이를 불렀다.

"엉?"

진택이는 용정 쪽을 굽어보는 삼촌이 별스러웠다.

"봄날이 좋지?"

"좋지 않구!"

"진달래가 곱지?"

"곱지 않구!"

진택이는 풀밭에 턱을 고인 채 삼촌을 빤히 쳐다보았다. 왜 이런 걸 묻나하는 뜻이었다. 허나 병기는 자기 말을 계속했다.

"이 봄날, 이 진달래는 우리 것이 아니란다."

"뭐야, 웬 새빠진 소리야."

진택이는 버럭 어성을 높였다.

"정말이란다. 이 세상이 뒤집혀지지 않고서야 봄도 진달래도 어찌 우리에게 속하겠니?"

"응 도리가 있어!"

그제야 조카는 알만하다는 듯이 고개를 끄덕였다. 이전에 있었던 일이 그에 대한 충격이 너무도 컸었다.

며칠 전에 있은 일이다.

마을에 공개적인 군중집회가 있었는데 용정동흥중학교 출신들인 이 마을 몇몇 형님들이 열변을 토했다.

"가난한 사람들은 일어나 혁명해야 합니다. 혁명해야 살길이 있으며 소련과 같은 사회주의사회를 건설할 수 있습니다…"

진택이는 지금도 그 말이 귀에 쟁쟁하였다.

"오늘 너와 말하자는 것이 바로 이것이야."

병기는 제법 삼촌티를 내면서 형님 윤기의 뜻을 전달하였다.

형님 윤기는 용정영신중학교 출신이고 마을의 주요청년책임자였다. 그는 동생 병기에게 임무를 주면서 조카와 둘이서 한쪽 팔이 되어줄 것을 바랐었다. 1928년부터 마을에 뿌려진 혁명의 씨앗은 형님과도 관계되었다.

이날 그들은 아늑한 풀밭에서 세상사를 두고 많이도 속살거렸다. 때는 1930년 5월의 어느 날이었다.

두 달 후에 비암에 중공당 소조가 건립되고 소선대 등 혁명군중단체가 조직되었다. 진택이와 병기는 어엿한 소선대원으로 되었다. 그들의 주요 과업은 지하당조직의 눈이 되고 손발이 되는 것이었다. 이달에 그들은 뒷산언덕을 타서 멀리 약수동에 가서 중공 평강구위에 통신을 전하기도 하고 청년들과 함께 지주, 부농들 집에 가서 토지문서를 불살라버리기도 하였고 주구청산투쟁에도 뛰어들었다.

9월에 일제의 보통학교분교인 광동학교가 타버린 후 적들은 피눈이 되어 비암촌을 주시하였다. 어떤 날엔 하루에도 몇 번씩 달려들었다. 이때부터 당 조직과 혁명단체들은 지하로 들어가고 진택이와 병기는 매일 중간고개에 올라 보초를 섰다.

가을의 어느 날 둘은 나무꾼 차림을 하고 중간고개에 올랐다.

중간고개는 마을 동쪽 산이다. 산에 오르면 사방이 탁 트여 마치 구름 위에 올라선 듯싶다. 해란강을 끼고 앉은 용정이 저 발치에 보인다. 바로 저 용정바닥에 일본간도 총령사관이 도사리고 앉아 제 세상이노라고 으스댄다.

"이 놈들아, 뒈지거라, 늘어져라, 썩어져라 …"

두 소선대원을 손짓발질을 하며 욕설을 퍼붓다가 뒤를 힝 돌려 대며 "이걸 채워라!"하고 고아댄다. 그리곤 허파가 터질 지경으로 웃어댔다.

이때였다.

산 아래 저 멀리에서 거뭇한 윤곽이 얼른거렸다. 숲 속에 숨어 보니 윤곽이 누런 점으로 또렷해졌다. 놈들이었다.

그들은 다급히 수기를 흔들었다. 몇 번 빙빙 돌구다가 왼쪽을 가리켰다. 그러자 우리 쪽 산 아래 마을에서 긴장이 움직이는 사람들이 보였다. 이날 적들은 헛물만 켜고 돌아섰다.

이튿날도 그 다음날도 그들은 산에 오르고 또 올랐다.

겨울이 코밑에 다가왔다. 하루는 중공 연화현위책임자가 비암에 와서 지하당조직책임자 엄군섭(엄택룡)과 박우룡이 용정구위에 넘게 되었다고 선포하였다. 그들의 주요 활동 거점은 의연히 비암 일대였다.

적들이 가끔 습격하는데서 나머지 10여 명 동지들은 부근의 전야에 토굴 두어 개를 만들고 밤마다 숨어들었다가 이튿날 아침이면 나팔 소리와 함께 굴에서 나와 각자의 책임을 다하였다. 진택이와 병기는 이 동지들의 안전을 자기들의 신성한 책임으로 간주하였다.

하루는 현위의 한 동지가 비암에서 활동하는 엄군섭(용정구위 군사부장)을 찾았다. 그는 11월 6일 밤 용정 북홍가의 현위 연락점에서 현위책임자들인 배동건, 한별, 리정숙 등 동지들과 용정구위가 파괴되었다고 하면서 속히 피하라고 하였다.

사태는 암흑하였다. 뒤미처 이 소식을 알게 된 두 소선대원은 보초근무를 보다 잘 하리라고 맘먹었다.

헌데 뉘 알았으랴. 첫눈이 내린 뒤의 11월 10일 아침 굴 안의 동지 7, 8명이 몽땅 적들에게 체포되었다. 11월 28일에는 김윤기 등 세 공청단원이 또 잡혀 갔다.

두 소선대원은 안절부절 못했다. 마치도 자기들의 책임이런 듯싶었다.

그 후 진택이와 병기는 매일 별빛을 밟으며 중간고개에 올랐다. 백색 테로가 짙게 드리울수록 그들은 더욱 산을 떠나지 않았다.

후에 마을의 박창근 형님이 흩어진 당, 단원들을 재조직해 가지고 혁명투쟁을 견지하였다. 마을의 여기저기엔 다시 반일표어들이 나붙었다.

"일본제국주의를 타도하자!"

"한간주구를 청산하자"

"압박과 착취 받는 무산자는 연합하자!"

산에 오르는 두 소선대원은 힘이 부쩍 났다. 살을 에일 듯한 강추위가 몰 키던 대소한간에도 그들은 자기들의 진지를 굳건히 지켜 섰다.

찬 기운이 뼈 속을 핥던 어느 날 밤 병기는 이를 덜덜 쪼으며 얼굴이 파랗게 질리었다. 서쪽하늘에 걸린 하현달도 바들바들 떨고 있었다.

"삼촌, 지독한 날이구나."

진택이는 언젠가 큰삼촌이 소련에 갔다가 걸치고 온 낡은 나사 외투를 벗어 약삭빠르게 삼촌에게 씌워주었다. 그랬더니 병기는 견딜만하다면서 조카에게 도로 걸쳐주었다.

외투는 이손에서 저손으로 오 갔다. 나중에 둘은 몸을 곱송그린 채 두 발을 동동 굴렀다.

사나운 겨울 앞에 굴복하지 않는 것은 숲과 사람이었다. 속궁냥 깊은 진택이와 병기는 성칼진 그 눈보라 속에서도 흰눈처럼 깨끗한 맘으로 밝아오는 새 아침을 그리었고 만대중의 봄날을 아름답게 장식할 진달래 꽃밭을 그리었다.

벌써 몇몇 밤이런가 매정한 추위에 그들은 둘 다 촉한에 걸려 여린 몸이 극도로 쇠약해졌다. 나중에 촉한은 복막염으로 번져 둘 다 고생 속에서 모대기었다. 가난 탓에 치료할 힘도 없었다. 동지들도 밖에서 돌아다니다 보니 뜨거운 손길을 뻗칠 수가 없었다. 병기는 행여나 하여 자기로 배에 뜸을 떴지만 효과를 보지 못하였다.

1931년 봄은 불운한 봄이었다. 이 봄에 진택이는 마지막 숨을 몰아쉬었다.

1931년 여름도 불운한 여름이었다. 이 여름에 병기도 세상을 떠나고 말았다.

진택이는 열네 살! 병기는 열세 살!

앙가슴에 더운피 끓던 두 소선대원은 비암 마을의 동쪽 중간 고개에 묻히었다. 그들은 말없이 혁명하다가 말없이 갔다. 해방된 이 강산에 해마다 봄이 깃들고 진달래는 피건만 그토록 바라던 해방된 진달래 동산에 그들은 끝끝내 서보지 못하였다.

룡남이와 명숙이

　유서 깊은 지난날 연길현 왕우구 항일유격 근거지(오늘의 연길시 의란진 고성촌 일대)에는 목숨으로 조직의 비밀을 고수한 강룡남이와 박명숙 두 아동단원이 있었다. 세월이 흐르는 사이 그들의 나이며 경력이며 회생시간 등을 밝히기는 어려우나 그들의 빛나는 최후는 오늘도 우리의 가슴을 후덥혀 주고 있다.

　1933년 봄의 어느 날 왕우구의 아동단원 룡남이와 명숙이는 아동단 책임자로부터 유격대에 전할 중요한 통신쪽지를 받아 안게 되었다. 그들은 통신쪽지를 정히 간수하고 지체 없이 길을 떠났다.

　그들이 금방 길청령 어귀에 이르렀을 때 방정맞게도 말을 탄 일제헌병대 놈들과 맞띄우게 되었다. 이자들은 다짜고짜 어디로 가냐고 따지고 들었다.

　룡남이와 명숙이는 "우리는 약수동에 사는데 외삼촌네 집에 갔다 오는 길이다."고 대답하니 대뜸 거짓말이라고 하면서 가죽채찍으로 룡남이의 얼굴을 후려치는 왜놈들.

　"너희들은 아동단원이지. 통신연락을 갔댔지?"

　"우리는 통신이 뭔지도 몰라요."

　룡남이의 모르쇠에 놈들은 순순히 물러서려 하지 않았다. 헌병

놈들은 그들 둘을 따로 세워놓고 아래로부터 참빗질하기 시작하였다. 인젠 명숙이의 목수건을 벗기고 머리채를 시탐할 차례다.

찰나 룡남이는 헌병 놈을 안고 넘어지면서 빨리 먹어치우라고 소리쳤다. 명숙이는 순간도 지체할세라 머리채 안의 통신쪽지를 꺼내 입안에 넣었다. 헌병 놈은 명숙이의 입안 통신쪽지를 꺼내려고 허둥대다가 손가락만 되게 물렸다. 놈 새끼 죽은 소리를 치며 손가락을 빼낸 사이 명숙이는 제격 통신쪽지를 삼켜버렸다.

이번에는 헌병대장 놈이 직접 나섰다. 이자는 제대로 말만 하면 상금도 푸짐히 주고 집에까지 데려다 준다며 너스레를 떨었다. 룡남이와 명숙이는 떳떳이 가슴을 내밀었다.

"우리는 아동단원들이다! 아동단원은 그따위 잔꾀에 속히 우지 않는다!"

"뭣이? 된맛을 보아야겠군."

헌병대장 놈은 쓴웃음을 짓더니 무서운 고문을 들이댔다.

"어서 말해, 무엇하러 갔댔는가 말이다?"

"무엇하러 가긴, 네놈들을 쳐부숴달라고 유격대에 연락을 갔댔다!"

"뭐, 뭐, 유격대?!"

헌병대장 놈은 귀를 도사리며 어디로 갔댔는가고 바투 들이댔다.

"죽어도 그것만은 대줄 수 없다. 아동단원들은 비밀을 목숨으로 고수할 것을 붉은 기발 아래서 맹세했다!"

"모진 놈들이군!"

두 아동단원에게서 아무 건더기도 쥐지 못한 놈들은 급급히 총살을 서둘렀다.

이때, 바로 이때다.

아동단원 룡남이는 고개를 번쩍 들어 유격대 아저씨들이 있는 곳을 멀리멀리 바라보다가 원수 놈들을 쏘아보며 소리높이 외치였다.

"이 개 같은 놈들아, 네놈들은 우리를 죽일 수는 있지만 세차게 일어나는 항일의 불길은 꺼버리지 못한다. 네놈들은 꼭 멸망하고야 말 것이다!"

"일본제국주의를 타도하자!"

"항일혁명승리 만세!"

우리의 두 아동단원 룡남이와 명숙이는 애어린 생을 마감 짓는 최후순간에도 목청껏 만세를 부르고 또 불렀다.

목숨이 지는 순간까지

1933년 가을의 어느 날, 연길현 의란구의 아동단원 문길이는 제 또래들과 함께 구룡평의 위만군 군대실 안에 고무총으로 삐라를 쏘아 보내다가 불행히도 경찰 놈들의 손아귀에 잡히고 말았다.

문길이는 그 즉시로 구룡평 경찰분주소로 끌려갔다. 경찰 놈들은 처음에는 열 살이 되나마나한 아이라고 만만히 보다가 큰 코를 다치었다. 눈앞의 아이는 되는대로 손쉽게 휘어잡을 그런 아이가 아니었다. 음식상을 차려놓고 얼려보아도 허사였다. 문길이에게 있어서 음식상에 앉는다는 것은 일제 놈들에게 굴복하는 것이고 아동단원의 영예를 더럽히는 무치한 행동이라고만 느껴졌다.

문길이는 나이는 어려도 햇내기 아동단원이 아니었다. 며칠에 한번씩 돌아오는 장날마다 장보러 온 사람들 속에 소리 없이 삐라를 살포한 것도 문길이와 그의 동무들이었고 퍼런 대낮에 위만군 놈들이 모여선 곳이나 행군중의 쉬는 장소에 삐라를 감쪽같이 살포한 것도 문길이와 그의 동무들이었다. 삐라 살포의 위험한 곳에는 어김없이 문길이가 나타났다. 처음에 일제경찰 놈들은 산에서 내려 온 유격대의 소행이라고만 보았다. 그래서 법석 끓었더니 아동단원들의 소행이라고는 꿈에도 생각지 못하였다.

경찰 놈들은 문길이에게서 아동단조직의 비밀과 아동단지도자를 밝혀내려고 무등 애를 썼으나 문길이는 쓴 외 보듯 외면하며 대답조차 하지 않았다.

우리의 항일아동단원에게는 얼리는 방법과 위협이 통하지 않았다. 야성이 발작한 놈들은 애어린 문길이에게 가차없이 악착한 고문을 들이댔다. 그래도 문길의 입에서는 "모른다!"는 한마디 말밖에 없었다.

원수 놈들은 야수같이 펄쩍 뛰며 시뻘겋게 달아오른 쇠꼬챙이를 문길이의 잔등에 들이댔다. 살이 부지직 타며 문길이는 그 자리에 쓰러졌다.

했으나 문길이는 홀홀히 쓰러질 수 없었다. 한참 지나 그는 이를 악물고 불사조마냥 일어섰다. 원수들을 노려보는 그의 두 눈에서는 증오의 불길이 이글거리고 있었다.

문길이는 떳떳이 가슴을 내밀며 놈들을 단죄하였다. 목숨이 지는 마지막 순간까지 그는 나어린 혁명 전사답게, 항일아동단원답게 조직의 비밀을 끝까지 지켜냈다.

'아동단원답다!'

1935년 늦가을, 수백 명에 달하는 일제침략자와 그 주구들은 비행기의 배합하에 세 갈래로 나뉘어 처창즈 항일유격 근거지에 덮쳐들었다. 가열한 전투는 연 며칠 계속 되었다. 우리 부대는 역량상의 현저한 대비로 하여 주동적으로 근거지에서 물러나왔고 근거지 혁명군중들도 하산했거나 각지로 피신하였다.

10월의 어느 날, 처창즈 근거지를 떠난 아동단원 청운이는 서쪽으로 서쪽으로 걸음을 옮겨놓았다. 서쪽엔 대사하가 있고 대사하에서 좀만 더 가면 소사하에 이른다.

소사하는 그가 태어난 고향이다. 가난이 꼬리를 물고 갈마들어 병석에 누운 아버지, 어머니는 약 한 첩 쓰지 못하고 운명하셨다. 그는 너무도 때 이르게 고아로 되었다. 다행히 소사하도 항쟁의 불길이 드세게 타오른 고장이어서 그는 어린시절부터 혁명의 걸음마를 떼었다. 1933년에 소사하 일대에는 당 구위가 활동하고 있었는데 청운이는 그때 벌써 아동단원으로 활약하였었다. 1934년에 소사하일대의 혁명적 군중들이 대사하경내의 사문자에 근거지를 옮기자 그도 이 근거지의 아동단원으로 되었다. 1934년 겨울, 사문자 근거지의 수십 명 당, 단원과 혁명적 군중들이 새로 건설된 처창즈 근거지로 이동하였다. 청운이는 또 처창즈 근거지의 아동단원으로 되었다. 그날이 어제 같은데 오늘은 종주먹을 부르쥐고 근거지를 떠나야 하였다.

처창즈에서 약 30리가량 가니 산언덕 수풀 속에 농막 한 채가 보였다. 때는 저녁 무렵이어서 청운이는 농막주인을 찾아 갔다. 농막은 가마와 살림그릇이 갖추어져 있어 한결 정결해 보였는데 주인은 어디로 갔는지 보이지 않았다. 청운이는 다리쉼이나 하려고 농막 안에 걸터앉았다. 이때 농막서쪽에 총을 멘 위만군 둘이 나타났다. 그자들도 농막을 보고 기신기신 찾아드는 모양이었다.

의외의 사태 앞에서 청운이는 순간이나마 속이 철렁하였다. 그는 인차 자기를 진정하고 온 낯에 웃음을 담으며 일어섰다.

"아, 만군형님들 어서 오십시오, 어서요!"

청운이의 입에서 유창한 한어가 쏟아져 나왔다.

"아니, 요것이 짜장 공산 놈 새끼가 아니야?"

두 위만군은 자기들을 맞아주는 청운이의 태연자약한 거동에 놀란 모양이었다.

"옳아요, 옳아요. 난 처창즈에서 나오는 항일 아동단원이에요!"

"뭐 처창즈?"

"예. 그래요. 처창즈에서 막 나오는 길이예요."

"헌 데 왜 예까지 왔어?"

"체, 말도 말아요. 그곳은 토벌이 우심한데다가 밤낮 배고픈 고생에 어디 견뎌내겠어요. 그래서 귀순하려고 가만히 빠져 나왔어요."

"귀순? 허튼 소리 말엇!"

한 놈이 반신반의하며 호통 쳤다.

"이놈의 새끼 거짓말 했다간 죽여 버릴 테다!"

다른 한 놈이 눈알을 부릅떴다.

"형님들, 왜 거짓말하겠어요. 귀순하면 일자릴 배치해주고 잘 대해준다던데요."

청운이는 능청을 부리며 몸에 지녔던 가죽서류가방을 내놓았다.

두 놈은 어안이 벙벙하였다. 약삭빠른 청운이는 얼른 말을 이었다.

"자, 보세요. 귀순이 아니라면 어찌 이렇게 숱한 문건을 가지고 나왔겠어요?"

"그래 정말이냐?"

"참 형님들도 정말이고말고요. 그래 어디라고 제가 막 속이겠어요."

위만군 놈들이 가방을 뒤지니 과연 문건 따위들이 적지 않았다.

"좋아, 좋아. 이제 좀 있다 우리하고 요 뒤에 가서 귀순하자!"

어리석은 놈들은 눈뜨고 속으면서도 흥이나 하였다. 오늘 따라 재수 좋아 공산군아이 놈을 헌례하게 되었으니 그럴 만도 하였다.

청운이는 두 놈을 더 삶아놓기 시작하였다.

"그런데 귀순하면 정말 잘 대해주나요?"

"시름 놓아, 먹을 거랑 많이많이 준단다."

"먹을 것만? 공부랑은 안 시키나요?"

"암 시키고말고! 신경(장춘)에도 갈 수 있고 일본에도 갈 수 있지!"

"아이 좋아라!"

청운이는 제법 박수까지 치면서 한수 더 떴다.

"만군 형님들, 늦어진바 하곤 호박이랑 따서 삶아먹고 갑시다요."

그는 잠간 새에 호박 몇 개를 따 들여왔다.

드디어 호박이 다 삶기자 놈들은 게걸스레 먹어댔다. 맛좋은 호박에 공산군아이, 두 놈은 뜻밖의 호박 판에 입이 함박만 해났다.

동산마루에 달이 머리를 내밀었다. 배부른 놈들이 길을 재촉하자 청운이는 품에서 조직에서 내준 비상용 아편 한 덩이를 꺼내었다.

"참 형님네두 달밤이겠다, 무얼 그리 급해하나요? 이걸 피우고 떠나면 더 좋지 않나요?"

"어 아편이구나!"

미련둥이들은 좋아서 야단이었다.

"애야, 그걸 어서 굽어다오!"

잠간 후 놈들은 괴춤에서 대통을 꺼내서 게걸스레 빨기 시작하더니 고개방아를 찧어댔다.

일은 뜻대로 되어 갔다. 두 놈이 잠에 곯아떨어지자 청운이는 얼른 총을 벗겨낸 다음 포승줄로 두 놈의 팔을 꽁꽁 묶어 뒷짐을 지웠다. 그 다음 제법 호통을 쳤다.

"일어나, 일어낫!"

그래도 낑낑거리자 아예 마구차면서 소리쳤다. 놈들이 깨어났을 때는 이미 결박당한 몸이었다.

놈팡이들은 깜짝 놀랐다.

"아니 꼬마동생 왜 이러나?"

"잔말 말고 일어낫!"

"동생 너무하지 않나?"

"무슨 놈의 동생이야, 아까 형님 형님 하니까 정말인 줄 알았더냐? 난 일제와 네놈들을 때려 부수는 항일아동단원이다!"

"엉?"

두 놈은 사맥이 다 풀렸다.

"하하하!"

청운이는 호기 차게 웃으며 헝겊으로 '형님'들의 입을 틀어막았다. 그러고 나서 그는 생포한 위만군 두 놈을 앞세우고 오도양차 쪽으로 걸음을 재우쳤다 …

이틀 후 제2군 군부 판프리트신문에는 희한한 소식이 실리였다.

"신식 오연발총 두 자루와 탄알 400발을 빼앗은 아동단 단장 리청운은 위만군 두 놈을 생포해가지고 군부에 승리적으로 도착!"

리청운 소년은 대번에 이름이 났다. 신문을 본 항일군민들은 저마다 "항일 아동단원답다!"고 찬사를 아끼지 않았다.

이듬해 8월, 리청운 아동단원은 처창즈 부근의 한차례의 조우전에서 14살을 일기로 영용히 희생되였다.

(리광인, 리룡득)

항일소년 유태선

청명이 갓 지난 1931년 어느 날 아침, 금방 소선대조기회를 끝낸 소선대 북산중대 중대장 유태선이 연길구 공청단 구위의 부름을 받았다. 약 20리 떨어진 봉림동 지하조직에 중공 연길구위의 선전삐라를 전하라는 과업을 맡았다. 조직에서 주는 과업이라면 한밤중이라도 수십 리씩 갔다 오군 하던 태선이었다.

이윽고 국가자를 벗어난 행길에는 봇짐을 이고 아기를 업은 여인과 그보다 조금 앞서 걷는 소년이 나타났다. 행인들은 여인이 아이를 데리고 친정집에 나들이를 가는 사람으로 알았지 아기의 품안에 삐라를 넣어가지고 봉림동으로 향한 태선이와 그의 어머니인줄은 몰랐다. 이번 길은 경계망이 삼엄한 적 통치 구역과 끈덕진 수사가 따르는 부르하통하를 건너야 하였다. 게다가 왜놈들이 피눈이 되어 날뛰는 바람에 무척 주의해야 하였다. 새 과업을 맡고 머리를 짜던 그는 부녀회회원인 어머니의 방조를 받아 길을 나선 것이다.

이들 모자는 어느덧 소완자를 에돌아 봉림동으로 가는 오솔길에 들어섰으며 조직의 임무를 에누리 없이 완수하였다.

이는 벌써 며칠사이에 두 번째로 되는 원거리통신과업이었다.

처음에는 청명날이었다. 그는 조상의 산소로 가는 것처럼 꾸밈새를 하고 현당위가 자라잡고 있는 무산촌(약 20리)에 중요한 통신을 전하였었다. 원거리통신과업은 워낙 북산소선대 책임자인 형이 맡았었다. 그러던 어느 날 마반산으로 통신연락을 갔던 그의 형이 낯이 새까맣게 되어 돌아왔다.

"형, 왜 이 지경이야?"

"야, 인젠 안 되겠구나. 난 왜 등곱쟁이로 살아야 하는지 이것만 아니래도 …" 동생의 물음에 맥없이 대답하는 형은 눈물이 그렁그렁하였다.

태선이는 가슴이 찡해났다. 알고 보니 통신과업을 맡고 마반산으로 떠났던 형이 놈들의 눈치를 샀던 것이다. 등이 구분 사람이 왔다가면 이튿날 삐라가 나타나곤 해서 주구를 내세웠던 놈들이 이날 형의 뒤를 쫓다가 종적을 잃고 돌아섰던 것이다. 이는 오늘 처음 겪은 일이 아니었다. 계속 지속된다면 투쟁에 크게 불리할 것이었다.

"형, 아무래도 통신일이 어울리지 않아. 인젠 뒤처리나 해줘. 내가 나서는 것이 옳은 것 같아!"

이렇게 되어 태선이가 원거리통신과업 수행에 나서게 되었다. 활동의 수요로 하여 형의 소선대 책임도 이어 받았다. 가까운 하남 관둔으로부터 소영자와 20리 안팎의 마반산, 용암동에 이르기까지 그리고 현교통망이 자리 잡고 있는 팔도구 횡도하자의 그 어디에나 그의 발자국이 찍히지 않은 곳이란 없었다. 한편 공청단조직의 지도 밑에 소선대 조직생활을 빈틈없이 짜고 들면서 조직을 발전시키며 보초를 서며 정탐을 하는 등 일에 힘 다하였다. 토요일마다 여는 강연회도 곧잘 조직해 갔다.

1931년 가을, 연변에는 천지를 진감하는 대중적인 추구투쟁이 재차 일어났다. 투쟁의 그 나날에 유태선은 북산중대의 소선대원들을 이끌어 추수투쟁에 용감히 뛰어들었다.

투쟁의 불길은 날이 갈수록 더 세찼다. 뎅겁한 일제 놈들은 검거선풍을 일으켜 연길구 '소작투쟁위원회' 성원 5명을 붙잡아 국자가에 압송하였다. 이에 격분한 연길구의 수천 명 대중이 중공 연길구위 서기 조기석과 소작투쟁위원회의 지도 밑에 밤도와(11월 6일) 소영자 부근에 있는 시거우공안분국 분국장을 붙잡아 앞세우고 국자가에 있는 현정부(지금의 진학소학교 안.)로 달려갔다. 시위대열은 소영자로부터 시가지에 이르는 긴 구간에 늘어섰다.

유태선은 북산단조직의 지시를 받고 소선대원들을 몽땅 시위대열에 가담시켰다. 그리고는 몇몇 소선대원들을 데리고 시위대열의 사이사이를 누비며 "일본제국주의를 타도하자!" "모든 주구를 때려 부수자!" 등 구호를 높이 외쳤다. 현정부에 이른 후에도 겹겹이 에워싼 대중 속에서 "붙잡은 우리 사람을 내놓아라!" "현장을 몰아내라!"고 외치며 투쟁의 성세를 돋구었다.

군중들의 기세는 하늘을 찌를 듯 하였다. 현장 놈은 체포한 동지들을 내놓지 않을 수 없었다.

1932년 이른 봄에 춘황투쟁의 거센 물결이 연길구를 휩쓸었다. 유태선과 그의 중대소선대원들은 연길 구산하 500여 명 군중과 함께 중공 연길구위의 지도 밑에 북산의 주구 몇 놈을 청산한 후 마반산 오암동에 가서 있으면서 일제주구 5명을 때려죽였다.

자기들의 주구를 잃은 놈들은 혈안이 되어 날뛰었다. 연길영사분관의 적 수십 명이 세대의 자동차에 앉아 북산과 남양동 등지에 기세 사납게 덮쳐들었다. 춘황투쟁에서의 골간인물이었던 유씨 3부자－유태선과 공청단원인 형 유태봉, 당원인 아버지도 체포되었다. 이날 유씨네 3부자와 중공 연길구위 서기 조기석 등 10여명 동지가 체포되었다. 이 소식이 퍼지자 200여 명 군중들이 집결하여 남양동에서 성세 호대한 동지탈환투쟁을 벌렸다. 탈환투쟁은 세 시간 지속되였다. 무장한 적 앞에서 자기들의 중대장을 빼앗긴 소선대원들은 애가 타 펄펄 뛰였다. 혁명군중들은 10명(1명은 임신부)의 희생자를 냈을 뿐 혁명자들을 탈환하지 못하였다.

유태선은 동지들과 함께 연길영사분관은 유치장에 갇히었다. 적들은 애어린 태선이를 손쉽게 굴복시킬 수 있으리라 타산하고 속임수를 써보았다. 헛물만 켠 적들은 혹독한 매질과 비인간적인 고문을 들이댔으나 허사였다. 기진맥진하도록 고문을 들이댔으나 철석같은 항일소년의 마음을 돌려 세우지 못하였다.

맥 빠진 놈들은 또 회유정책을 썼다.

"애야, 넌 나이가 어려 일시 남의 꼬임에 길을 잘못 들어섰다만 지금이라도 돌아서면 자유도 주고 잘 살게 해 줄 테다 …"

"퉤, 더러운 놈들, 백번 족쳐봐라. 나는 언녕 혁명에 몸 바친 항일소선대원이다!"

태선이의 송죽 같은 절개는 변하지 않았다. 놈들을 쏘아보는 그의 눈에는 시퍼런 불길이 펄펄 일었다.

이때 그의 나이는 열일곱 살이었다. 더는 혁명하지 않겠다고 대답만 하면 자유로운 몸이 될 수 있었지만 부르하통하의 물로도 다 씻을 수 없는 혁명의 배신자로는 되고 싶지 않았다.

유씨댁의 둘째인 태선이는 몇 년 전까지만 해도 이름난 애군이었다. 고향인 화룡현 덕신사(지금의 용정현 덕신향) 안방툰에서 소학교를 다닐 때 글쎄 소변보러 가는 여선생을 따라다니며 놀려주기까지 하였다. 그러던 그가 1929년에 그의 집이 국자가로 이사와서 관립북산소학교에 전학하여서부터 전혀 다른 애로 변하였다.

더욱이 20년대 말기로부터 맹렬히 일어난 조선족인민의 대중적 혁명투쟁이 태선 소년에 대한 충격이 매우 컸다.

언젠가 어머니는 태선이를 불러 앉혔다.

"둘째는 올해 몇 살이지?"

"어머니두 14살이지요 뭐."

태선이는 새삼스레 나이를 묻는 어머니를 의아하게 바라보았다.

"그래 14살이구나. 14살이면 철모르는 시기는 지난 셈이지. 아버지가 종일 밖에서 바삐 보내는 건 왜서겠니? 우리는 고향땅을 왜놈들에게 빼앗긴 사람들이다. 유씨집 아들은 이것을 알아야 한다. 너나 맏이는 혁명의 핏줄기를 이어 갈 사람이라는 것을 항상 잊어서는 안 된다, 알겠니?"

자식을 끔찍이 아끼고 사랑하면서도 엄하게 타이르던 어머니의 말씀이 오늘도 귓가에 쟁쟁하였다. 이름 높은 서당의 한학 선생으로부터 중공 당원으로 활약하고 있는 아버지와 부녀회회원인 어머니의 영향, 조직의 교양 밑에서 태선이는 형의 뒤를 이어 북산소선대 중대장으로 사업하였다.

혁명의 교양을 받아 온 그는 그따위 속임수와 회유, 고문에 동요할 리 없었다. 놈들은 더 어쩔 방법이 없게 되자 다른 혁명자들과 같이 그도 사형장으로 끌어냈다.

1932년 음력 3월 17일, 연길영사분관의 일제수비대는 유씨 3부자 등 약 28명의 혁명동지들을 국자가에서 20여 리 떨어진 연집강 어귀에 끌고 가서 빈집에 가두었다. 잇달아 저주로운 총 소리가 울리며 분노의 외침 소리가 여기저기서 연달아 터져 나왔다. 사나운 불길이 그들을 삼켜버렸다…

그 속에는 푸른 희망 품고 새날을 그리던 열일곱 살 먹은 항일소선대원 유태선이도 있었다.

피어린 새벽길

지난날 항일유격 근거지로 이름난 연길현 왕우구 근거지에는 사람들의 사랑과 칭찬을 받은 소녀 항일투사 리화순이 있었다.

1

리화순은 1916년에 조선 함경북도 길주군 홍수동의 한 농민가정에서 태어났다. 생활이 째어지게 구차하다보니 8남매 중 마지막 둘째로 태어난 그는 잔뼈가 굳기도 전에 벌써 읍에 내려가 오빠들을 따라 길 닦기 노동을 하였다.

그가 11살 되던 해에 부모를 따라 연길현 의란구 구청자(북동)에 이사해 와서 눈물겨운 나날을 보내다가 혁명자들인 오빠들의 영향 밑에 항일투쟁에 뛰어들었다. 1931년 봄에 16살에 난 화순이는 자기보다 두 살 아래인 여동생 구진이의 손목을 잡고 북동과 남동을 휩쓴 지주집 양식창고 털이에 나섰다. 가을에는 또 여동생을 데리고 추수투쟁에 뛰어들었다.

그 후 화순이는 아동단, 소선대원으로부터 공청단에 가입하였으며 선후하여 북동부녀회 소조장, 공청단 왕우구 구위와 공청단 연길현위 부녀위원사업을 하였다. 그는 주요한 정력을 소선대, 아동단 사업에 몰 부었다.

공청단 왕우구 부녀위원으로 사업하던 1932년의 어느 날이었다.
북동 아동단 조직에서 우등불모임을 지도하던 화순이는 아동단
원들에게 엉뚱한 물음을 제기하였다.

" 동무들, 어느 동무가 임무 수행 중에 놈들에게 붙잡혔다고 합시
다. 우리가 유격 근거지를 대야 할까요, 대지 말아야 할까요?"

"대지 말아야 합니다."

아동단원들은 약속이라도 한 듯 대답하였다.

"왜요? 유격 근거지를 대야 살 수 있지 않을까요?"

"유격 근거지를 대면 피해를 입는데 무엇이 좋아요?"

아이들의 대답에 가슴이 뜨거워난 화순이는 또 아동단원이란
어떤 어린이들인가고 물었다. 아이들은 서로 머리만 좌우로 갸우
뚱거릴 뿐 누구 하나 인차 대답하지 못하였다.

"호호호, 동무들은 새날의 주인공들 이예요. 다시 말하면 앞으
로 건설될 사회주의사회의 주인공들이지요. 아동단은 공청단의 후
비대이며 당의 주추들이라는 것을 잊지 말아야 해요. 아동단원이
라면 죽어도 조직의 비밀을 지킬 줄 알아야 해요."

화순이는 초롱초롱한 아이들의 눈을 정겹게 일별하며 말을 이었다.

"아동단의 구호가 뭣 때문에 '항상 준비'겠어요?! 동무들은 언
제 어디서나 자기의 구호를 가슴속에 아로 새기고 일본침략자를
이 땅에서 몰아내기 위해 싸워야 합니다."

화순이는 이같이 어린이들에게 혁명의 도리를 알기 쉽게 일께
워주었으며 그들을 항일의 성전에로 이끌어주었다.

어느 한번 남동 아동단 조직을 찾아갔을 때였다. 화순이는 옷
매무시가 바르지 못한 한 어린이가 저고리고름을 되는대로 매고

때투성인 것을 보고 저고리고름을 고쳐 매주었으며 머리도 곱게 빗어주었다. 그런 후 아동단원은 가난할수록 옷을 깨끗이 빨아 입고 단정히 입어야 한다고 일깨워 주었다.

화순이는 어린이들에게 존경어를 가르치기에도 주의를 돌렸다. 어느 날 한 어린이가 이상분과 반말을 쓰는 것을 보고 마음에 걸리었다. 아동단원들이 모인 장소에서 그는 할머니들이랑 보면 어떻게 인사를 하는가고 상냥하게 물었다.

"어떻게 하는가구요? 난 '아매요?' 하는데요."

남자 아동단원이 우쭐했다.

"오 그래요? 그럼 제가 한마디 묻겠어요. '할머니십니까?' 또는 '어디로 가십니까?' 이런 말과 '아매요?' '어디로 가오?' 하는 말이 어느 것이 더 좋을까요?"

화순이는 바로 이런 동무였다. 하기에 예의범절이 깍듯하였다. 그는 길가에서 봇짐을 인 할머니를 만나면 "할머니십니까? 어디로 가십니까?" 하고 깍듯이 인사를 하면서 봇짐을 앗아 이곤 하였다. 지방공작을 나갔다가 돌아와 동무들을 만나기만 하면 "그간 수고했어요. 몹시 바빴겠어요. 호호호. 혁명자들은 이것을 낙으로 삼아야지요." 하고 친절히 굴었다.

1932년 늦여름 공청단 연길현위 부녀위원 중임을 멘 화순이는 북동을 지나다가 잠간 집에 들렀다. 어머니는 뒷집 할머니의 기막힌 신세를 근심하며 땅이 꺼지게 한숨을 쉬시었다.

뒷집 할머니는 워낙 아들과 함께 살았는데 얼마 전에 있은 일제토벌에서 아들을 잃고 말았다. 졸지에 의지할 데 없는 외톨이 신세가 된 할머니는 아들을 부르며 내내 울음으로 세월을 보내었다. 누구의 위안도 소용없었다. 뒤늦게 이 일을 알게 된 화순이는 이렇게 말했다.

"아들 하나를 믿고 살다가 그런 참상을 당했는데 왜 그렇지 않겠어요."

그는 어머니의 대답도 들을 새 없이 뒷집 문을 열었다.

"이게 화순이 아니냐? 으흐흐 … 내 아들은 죽었다 죽었어, 난 인제 어떻게 살라느냐 …"

할머니는 넋두리를 했다.

"할머니, 실컷 우십시오. 저는 말리지 않겠어요. 천금같이 믿던 아들인데 왜 그렇지 않겠어요? 헌데 할머니, 혁명하는 사람은 목숨을 내바친 사람들인데 어찌 살려니만 하겠어요? 살아 있는 한 저도 할머니의 아들처럼 목숨 바쳐 싸우렵니다. 할머니, 너무 서러워말아요. 제가 오늘부터 할머니의 딸이예요."

진정을 담은 화순이의 말은 마디마디가 난류로 되어 할머니의 가슴에 흘러들었다.

"화순아, 네 진정을 내가 안다. 네가 내 딸질을 하겠다면 나는 더 울지 않겠다."

할머니는 과연 울음을 그치었으며 화순이를 굳게 믿었다. 화순이는 틈이 있는 대로 할머니를 찾아뵈옵고 생활의 구석구석을 보살펴드렸다.

"세상에 화순이 같은 사람이 또 어디 있을라구 내 아들은 죽었지만 난 외롭지 않소."

할머니는 만나는 사람들과 내심을 터놓았다.

후에 화순이보다 퍽 일찍이 혁명에 나섰던 다섯째오빠 내묵이가 어느 한차례의 무장탈취에서 불행히 희생되었을 때였다. 아버지는 애꿎은 담배만 피우시었고 어머니는 연일 자리에서 일어나시지 않았다.

"아버지, 어머니, 다섯째오빠는 우리보다 한발 앞섰어요. 이 딸의 목숨도 혁명이 승리할 때까지 붙어 있을 것 같아요?! 혁명에 나선 사람은 죽음을 두려워하지 않는 사람들이랍니다. 아버지, 어머니, 아들딸들을 내놓은 사람으로 여기시고 혁명자의 부모답게 처사해 주세요!"

절절히 울리는 딸의 말에 어머니는 손등을 눈에 가져갔고 아버지는 딸의 어깨를 다독이며 입을 떼었다.

"음, 이 아버지는 언녕부터 알고 있다. 부모 걱정 말고 끝까지 혁명하거라."

화순이는 아버지의 믿음이 고마웠다.

2

화순이는 복스럽게 생긴 얼굴에 몸가짐이 또한 단아하고 노래와 춤을 즐기었다. 훌륭한 부모에 훌륭한 오빠언니들을 둔 그는 사업할수록 힘이 부쩍부쩍 났다. 그는 싸우는 고지에 어린이들을 데리고 가서 구호를 외치거나 항일가요를 부르면서 유격대원들의 사기를 높여 주기도 하였다. 유격대 아저씨들이 싸우고 돌아올 때엔 아동단원들이 열성껏 환영하게 하였다.

1933년 봄에 있은 일이다. 그날도 우리 연길현 유격대가 근거지로 기어드는 한무리의 일제토벌대를 본때 있게 족치고 귀로에 올랐다. 유격대원들이 군악 소리 높이 북동학교 마당에 들어서자 화순이의 지시를 받고 대기하고 있던 아동단원들은 "앞으로 갓!", "좌우로 벌렸!"하는 구령 소리에 따라 유격대 아저씨들을 빙 둘러쌌다.

아동단의 무용대 지도원의 축사와 유격대 책임자의 답사에 이어 무용대 어린이들의 『승리가』가 우렁차게 울렸다.

깨끗하다 우리 투사들 맹호같이 날뛰라

우리 투사들 대적할 자 그 누군가

나가 싸워라 싸워라 힘껏 싸워라

영광의 승리는 우리 것이니 염려 말라

기운을 뽐내면서 굳게 싸워라

펄펄 날리는 붉은 기 우리 향해 춤추도다

아동단원들의 노래 소리는 전체의 노래로 번져 갔다.

흥겨운 춤판이 벌어졌다. 『삐오네르』, 『의회주권가』, 『총동원가』, 『결사전가』 등 혁명가요가 끊임없이 흘러나왔다.

화순이도 유격대원들에게 끌려 춤판에 나섰다. 우아하고도 물 찬 제비 같은 화순이의 춤동작은 환영모임을 고조에로 이끌었다. 여기저기서 응원 소리가 끊임없었다.

이날 저녁 아동단원들이 우등불모임을 가지었다. 화순이는 아동들의 청으로 이런 이야기를 꺼냈다.

화순이가 처음으로 통신연락에 나섰던 그 시절 한번은 셋째오빠 리상묵(훗날의 중공 동만특위 조직부장)에게서 약 20리 떨어진 태양촌 지하조직에 긴급통지를 전하라는 임무를 맡았다. 태양촌에는 시집간 화순이의 둘째언니가 살림을 꾸리고 있었다. 언니 내외간은 모두 혁명자들인 데 화순이가 언니에게 통신을 전하면 언니가 다시 남편께 전하고 남편이 다시 조직에 전하곤 하였다.

셋째오빠는 20리 길이 걱정되기만 하였다. 오빠의 안색에서 이를 읽어낸 화순이는 헝겊오리를 꺼내더니 오빠 앞에서 비밀쪽지를 발바닥 오목한데 대고 동이는 것이었다.

"오빠 봐요. 남이 물으면 김매다가 나무그루에 찔렸다고 하지요."

셋째오빠는 그제야 시름을 놓았고 화순이는 순조로이 언니네 집에 이르렀다.

헌데 여느 때면 "누구 집 아이가 마당을 지나가느냐?"하며 마당에 나설 언니가 도무지 나와 주질 않았다. 그날따라 언니네 집에 마실꾼들이 모여들었다는 것을 그는 몰랐다. 마을의 주구가 눈치를 채면 야단이다. 손에 땀만 쥐던 화순이는 문뜩 잔꾀가 떠올랐다.

"이 놈 개, 이 놈 개 물러가지 못할까!"

화순이가 기급한 소리를 쳐댔다.

"저 놈 개 누구를 물자고 그래?"

언니가 밖으로 내달아왔다 …

화순이의 이야기를 듣고 아동단원들은 용감하고도 지혜롭게 싸워가겠다고 다짐하였다.

우등불모임이 있은 직후에 왜놈 '토벌대'가 왕우구 중촌 마을 새 지팡에 덮쳐들었다. 마침 새 지팡에 있던 화순이가 동지들과 함께 군중들을 급히 산으로 피신시켰다. 마지막으로 마을을 떠날 때 그는 어디선가 어린애의 울음소리가 나는 것을 들었다. 울음소리를 따라 한 집에 들어가 보니 아이가 혼자 울고 있었다. 화순이는 인차 어린이를 업고 산에 치달아 올랐다.

뒤미처 마을에 이를 토벌대 놈들이 산 중턱에서 움직이는 화순이를 보고 총질하며 쫓아 왔다. 총알이 귀뿌리를 쌩쌩 스치며 주위에 먼지를 폴싹폴싹 일구었다. 이를 악물고 산꼭대기까지 치달아 오른 화순이는 하늘땅이 빙글빙글 돌아 그 자리에서 까무러쳤다.

화순이가 정신을 차렸을 때 동지들과 아이 어머니가 그의 곁에 지켜서고 있었다. 이날 어린애 어머니는 나물 캐러 갔다가 토벌대가 쓸어드는 통에 사람들에게 끌려 산으로 되올라 왔던 것이다.

"어쩌문 화순이는 친어미보다 더 낫구만!"

아이를 두고 속이 바질바질 탔던 어린애 어머니가 눈물겨워 말하였다.

"제 동생이면 그럴 수 있겠소! 속이 깊은 걸 보면 치마를 둘러도 장차 큰일을 할 사람이니라!"

3

왕우구 항일유격 근거지에 대한 일제의 토벌이 더욱더 심해지던 1933년 음력 8월 20일, 화순이는 한 동무와 함께 세 지팡을 떠나 북동으로 회의하러 가게 되었다. 마침 유격대원들이 아동단원들을 위해 마련한 옷감이 있던 지라 둘은 힘자라는 대로 이고 길을 떠났다. 앞에는 이른 새벽부터 달려든 적'토벌대'를 피해 산에 오르는 근거지 인민들이 보였다.

아침 이슬이 함함히 내린 키 넘는 새밭을 헤치며 10리가량 조이자 동이 희붐히 밝아왔다. 왕우구 상촌치기에 이르러 잠간 다리쉼을 하는 그들의 온몸은 흡사 물에 흠뻑 젖은 병아리와도 같았다.

"아이 참 속상해라. 이 옷감은 유격대원들이 피로써 구해준 것인데 난 정말 이슬이 미워서 못 견디겠어요."

화순이는 이슬에 젖은 치맛자락과 옷섶을 꼭 쥐어짜며 축축해난 옷감을 보며 여간 가슴 아파하지 않았다.

"화순 동무, 앞으로 좋은 사회가 오면 오늘의 이 새벽길을 옛말로 외우게 될 거예요."

"외우다 뿐이겠어요. 행복한 생활이 쉽사리 오지 않았다는 것을 후대들이 알게 해야지요."

두 소녀는 앞날에 대한 동경으로 가슴을 불태웠다.

가던 길에 안면 있는 두 유격대원을 만나 함께 걸었다. 한분은 민국 '공안국'에서 심부름을 하다가 입대하였는데 사람들은 그를 '공안국'이라고 불렀다. 이번 전투 중에 부상을 입고 한 전우의 부추김을 받으며 북동으로 가던 중이었다.

화순이는 만일을 위해 옷감을 길옆 으슥한 곳에 감추어놓았다. 그들 일행은 넷이 되었다.

이때 화순 동무와 동행하던 소녀가 소변보러 숲 속으로 들어가고 화순이가 뒤떨어진 그를 기다리게 되었다.

이럴 즈음에 와작하는 소리와 함께 토벌대 몇 놈이 들이닥쳤다.

"적이다. 황등개다!"

화순이는 고함을 질렀다. 소녀와 두 유격대원에게 알리는 고함소리였다.

놈들은 큰 보배덩이라도 얻은 듯이 득의양양하여 그 자리에서 문초를 들이댔다.

"저 아래 마을 사람들이 죄다 어디로 갔느냐?"

"모른다!"

"유격대는 어디에 숨었어?"

"모른다!"

놈들은 총창으로 화순이를 쿡쿡 찔러댔다.

"아― "

화순이는 저도 모르게 신음 소리를 냈다. 그는 유격대원과 소녀가 무모하게 달려 올까봐 큰 소리로 외쳤다.

"이다음 우리 사람들이 네놈들을 잡으러 온다." 그는 '이다음'에 악센트를 넣었다.

바로 이때 소변보러 갔던 소녀는 화순이의 참상에 정신을 잃을 지경이었다. 앞섰던 두 유격대원은 풀숲에서 뛰쳐나오려다가 화순이의 외침을 들었다. 이리떼처럼 몰켜 든 적들 앞에, 게다가 '공안국'이 중상 입은 처지에서 뛰쳐나온다는 것은 놈들에게 그저 잡히는 것과 다름없는 모험이었다.

화순이는 두려움을 몰랐다. 살을 찢는 원수의 총창도 그의 의지를 꺾지 못하였다.

"이년, 바른대로 대지 않겠느냐, 죽여 버릴 테다!"

"네 놈들에게 잡힌 이상 살려고 하지 않는다. 나는 투사답게 죽으련다. 내 원수를 갚아줄 사람이 얼마든지 있다!"

"고약한 년!"

앙칼진 소리와 함께 원수 놈들의 저주로운 총 소리가 울렸다.

찰나 숲 속의 소녀는 몸을 가누지 못하고 그 자리에 쓰러지었다. 그와 유격대원이 새밭 속에서 나와 화순이를 찾았을 땐 원수들이 그 자리에서 떠나가고 화순이가 이미 숨진 뒤였다.

화순이의 시체 앞에 장승처럼 멍하니 선 그들은 기절할 지경이었다. '공안국' 동무는 주먹으로 땅을 치면서 "차라리 이 몸이나 죽지 … 어ー허이구"하고 흐느끼기만 하였다 …

화순이가 희생되었다는 비보가 사람들에게 인차 알려졌다.

화순의 장례식이 새 지팡에서 진행되었다. 근거지의 많은 사람들이 몰려왔다. 그 가운데는 연길현위와 그 산하의 여러 단체, 생전의 전우들, 왕우구 구위 및 정부의 간부들, 유격대원들이 있는가 하면 자기들의 지도자를 고별하러 달려온 소선대원들과 아동단원들도 있었다.

추도사가 금방 끝나자 군중 속에서 한 아낙네가 사람들을 헤집고 나섰다. 그 아낙네는 지난봄에 화순에 의해 구사일생으로 살아난 그 어린애의 어머니였다. 아낙네는 눈물이 앞을 가리고 목이 메어 한동안 아무 말도 못하다가 마침내 입을 열었다.

"여러분, 내 이 가슴이 터질 것만 같수다. 이 원수를, 이 원수를 어떻게 하면 다 갚겠습니까 …"

사람들 속에서 울음소리와 흐느낌 소리가 울리었다. 비장하게 울려 퍼지는『추도가』의 노fot소리는 비분에 잠긴 분위기를 한층 더 짙게 하였다.

화순이는 피어린 새벽길에서 자기의 귀중한 목숨을 항일의 성전에 바쳤다. 소녀는 비록 그렇게도 바라던 좋은 사회를 보지 못하고 18살 꽃나이에 갔지만 미래를 안고 높뛰던 그의 심장은 오늘도 내일에로 달리는 사람들의 가슴을 덥혀주고 있다.

소녀의 장렬한 최후

항일의 피어린 나날에 당시의 연길현 대홍동(오늘의 용정시 원세련하향 단결촌)은 혁명의 요람지로 되었다. 이 고장의 산과 들에는 항일투사들의 발자국이 찍혀 있으며 그들의 숭고한 업적이 깃들어있다. 그 가운데서도 희생될 때 16살 밖에 안 된 김야옥 소녀의 빛나는 일생은 오늘도 미담으로 되어 사람들의 심금을 울려주고 있다.

김야옥은 대홍동에서 태어났다. 어려서부터 암흑한 현실사회에 커다란 의혹을 품고 있던 그는 1929년경에 벌써 아동단에 가입하였으며 야학교를 꾸리는데 적극 나섰다.

1930년 8월에 중공 로투구 구위가 정식으로 건립되었다. 구위 간부들은 구위 산하의 각지에 가서 건당활동을 활발히 벌리었다. 대홍동은 그 일대를 포괄한 남 지부에 소속되어 로투구 구위의 지도를 받았다. 공청단, 소선대, 아동단 등 군중단체도 새롭게 조직되었는데 소선대와 아동단 조직은 공청단조직의 직접적인 지도 밑에서 활동을 벌리었다.

이해 선후하여 소선대 조직과 부녀회에 가입한 김야옥은 기쁜 나머지 잠을 이룰 수가 없었다. 그는 마을의 소선대원, 아동단원들과 함께 소선대, 아동단 발전에 박차를 가하면서 조직에서 맡겨주는 삐라살포, 농신연락, 망보기 등 활동에 발 벗고 나섰다.

어느 날 아침 올케 김숙이가 어디로 갔다 오더니 야옥에게 귓속말을 속삭이는 것이었다.

"시누이, 오늘 로투구장에 갔다 와야겠소."

"장에요?"

"그렇다오. 장에 가서 삐라를 살포할 임무가 내렸다오."

"그런 일이구만요."

야옥이는 머리를 끄덕였다.

이른 아침에 있은 일이다. 마을의 부녀회책임자 리숙은 여느 때처럼 제일 첫 사람으로 우물가로 갔다. 우물 안에 웬 종이들이 둥둥 떠 있었다. 주위를 살펴보니 사위는 쥐죽은 듯 고요했다. 종이를 건지고 보니 반일삐라들이었다. 그는 산비탈에 있는 부녀회 골간 윤희네 집에 가서 깨끗이 말 리운후, 김숙 등을 불렀었다.

야옥이는 인차 올케 등 몇몇 부녀회회원들과 함께 삐라를 떡대야, 신바닥 등 밑에 감추어 가지고 길을 떠났다.

이날 로투구 장거리에는 도처에 삐라가 흩날렸다. 눈이 뒤집힌 왜놈들은 야단법석하며 돌아쳤다.

그 무렵 로두구 일대에는 당의 지도를 받는 유격대가 활동하고 있었다. 그들은 도처에서 무기탈취투쟁을 벌리었고 이해 맹렬히 일어난 지방추수폭동의 성과를 지켜 싸우고 있었다. 야옥이는 올케 등과 더불어 식량을 모으고 필수품을 마련하면서 유격대원호 사업을 게을리 하지 않았다.

한번은 유격대원들이 마을 주변 산에 거점을 잡고 대흥동과 그 일대에서 활동하고 있었는데 낌새를 챈 한 주구 놈이 로투구 경찰분서에 밀고하여 일제 경찰 놈들이 들이닥쳤다. 주구 놈들이 눈을 밝히는데서 행동하기가 어려웠다. 지하당조직에서는 무척 안달아 하였다.

이때 야옥이가 나섰다. 그는 목숨을 무릅쓰고 산에 들어가 급보를 전하였다. 헛물을 마신 놈들은 닭 쫓던 개 먼 산을 쳐다보는 격이 되고 말았다.

1931년, 연변 각지에서 일어난 군중적 추수투쟁이 대흥동 일대에까지 파급되었다. 야옥은 몇몇 골간들과 함께 대흥동 마을의 소선대원들과 아동단원들을 이끌고 대흥동, 이화동, 와룡동, 소말리구, 웅암, 요구, 대소마 등지에서 모여든 수백 명 시위 대오를 따라나섰다. 지주집 낟가리를 헤치던 날 야옥이는 남자들 못잖게 뛰어다니며 곡식단을 소작인들 집에 날라 갔다.

추수투쟁의 나날에 세린하, 로투구 일대의 수천명군중이 로투구의 한 학교마당에 집결하여 성세 호대한 시위활동을 벌리었다. 야옥이도 마을의 혁명군중들과 함께 콩을 닦아가지고 로투구에 가서 이 시위활동에 참가하였다. 로투구에 주둔한 동북 군사병들이 닦은 콩을 나누어 먹으면서 추수투쟁을 동정하자 시위 대오는 사기가 부쩍 올랐다.

급해난 것은 일본경찰들이었다. 이 자들은 여기저기 기웃 기웃거리며 투쟁골간들을 주시하기 시작하였다. 야옥이는 시위군중들과 함께 서로 어깨를 걸고 일본 놈들이 대열 속에 끼어들지 못하게 하였다.

세린하, 로투구 일대 추수투쟁이 완전히 승리하였다. 야옥이는 단결된 힘의 위력을 제 눈으로 똑똑히 보았다. 군중들이 당의 두리에 뭉쳐 일어나기만 하면 적들을 이겨낼 수 있다는 것을 야옥이는 깊이 느끼게 되었다. 이듬해 봄의 춘황투쟁에서도 야옥이는 적극적인 역할을 놀았다.

당시 젊은 여성들에게 있어서 가장 골치 아픈 일이라면 봉건적인 조혼매혼제도였다. 사람들은 남녀가 15살가량이 되면 으레 결혼해야 하는 줄로 알았다. 이는 한창 성장기에 있는 여성들로 말할 때 큰 부담이 아닐 수 없었다.

1931년 겨울 김씨라고 하는 대흥동의 한 사람이 15살에 나는 자기 딸을 출가시키려고 하였다. 대흥동 부녀회에서는 인차 여성들을 모여 놓고 조혼의 나쁜 점을 열거한 뒤를 이어 자유혼인을 선전하면서 조혼, 매혼 등 현상과 견결히 투쟁하여야 한다고 호소하였다. 이때 야옥이가 부녀회골간인 윤희, 리봉래 등과 함께 구호를 높이 불렀다.

"조혼을 견결히 반대하자!"

"매매혼인을 견결히 반대하자!"

"자유혼인을 널리 제창하자!"

수십 명 여성들도 높은 소리로 따라 불렀다. 봉건의 뿌리가 얼기설기 엉킨 당시에 여성들이 자체로 일떠나 이런 활동을 가진다는 것은 실로 조련찮은 일이었다.

1932년 3월 8일, 세린하일대의 여성들은 로투구 구위 산하의 여성들과 함께 '3·8절'을 기념하기 위한 시위활동을 가지였다. 시위대열에 뛰어든 야옥이는 대흥동 부녀회 책임자 리숙 등과 함께 높이 구호를 불렀다.

"여성 해방을 쟁취하자!"

"일본제국주의를 타도하자!"

"일제주구를 타도하자!"

도중에 그들은 일제주구를 투쟁하였고 로투구 경찰분서 앞에 가서 구호를 높이 외쳤다.

항일의 불길은 대흥동에서, 세린하 일대에서, 로두구 일대에서 갈수록 세차게 타올랐다. 이에 질겁한 일제침략자들은 1932년 5월부터 그해 연말까지 기간에만 해도 대흥동에 대해 연속 20여 차의 '토벌'을 들이댔다.

이해(1932년) 11월 22일 밤, 간도일본 총영사관에서는 산하의 투도구 영사분관, 로투구와 동불사 경찰분서로부터 경찰나부랭이들을 총동원하여 각지 자위단 놈들을 앞세우고 대흥동에 가만히 기어들었다. 날이 밝자 토벌대 놈들은 마을에 쳐들어가 닥치는 대로 혁명자들을 잡아 죽이고 혁명자들의 집에 불을 질렀다. 동불사 경찰분서와 자위단 놈들이 약 20분 늦게 들이닥친 데서 김렬 등 20여 명이 다행히 포위를 뚫고 나간 외 많은 동지들이 피못에 쓰러졌다. 소년들도 예외가 아니었다. 놈들은 마을의 소선대 책임자 김순덕을 보리가리 위에 놓고 불태워 죽였다.

이날 16살에 나는 김야옥이도 올케 김숙(19살)이와 함께 마을 서쪽골에서 적들에게 잡히었다.

적들은 굴복하라고 그들에게 강요했다. 허나 그들은 꺾어질지언정 굽어들지 않았다. 적들이 굴복을 강요할수록, 악행을 가할수록 꿋꿋한 의지를 키운 그들 둘은 고개를 떳떳이 쳐들고 욕설을 퍼부었다.

"개 같은 네 놈들한테 굴복할 것 같으냐. 죽는 것을 겁나할 우리가 아니다. 우리가 죽은 후에도 혁명의 불길은 꺼지지 않고 방방곡곡에서 일어날 것이다. 우리의 투쟁은 승리하고야 말 것이다 …"

적들은 서슬이 퍼래서 김숙에게 행패를 들이댔다. 최후를 직감한 김숙이는 시누이에게 얼굴을 돌리었다.

"내가 죽은 후에라도 시누이도 개 같은 놈들한테 절대 굴하지 마오!"

야옥이는 고개를 끄떡이며 원수를 노려보았다.

적들은 칼로 김숙이를 마구 찔러 죽인 후 야옥이를 저들 앞에 세워놓고 능갈친 웃음을 지었다.

"이 여자의 죽음이 무슨 소용 있느냐. 너는 이런 변을 당하지 말고 일찌감치 투항해라. 우리 말대로 하면 앞으로 돈 많고 잘사는 부자한테 대상을 소개하여 줄 테다."

적들은 오산하였던 것이다. 그자들은 야옥이도 혁명가의 지조를 끝까지 지켜 싸우려는 신념을 지닌 소선대원이라는 것을 몰랐다.

야옥이는 낯빛조차 변치 않고 놈들의 속임수에 반박해 나섰다.

"개 같은 야수 놈들아. 그런 수작을 그만 두어라. 혁명자들이 어떤 사람들인 줄 알기나 하고 함부로 지껄이느냐. 혁명은 꼭 승리한다. 네놈들이나 빨리 총을 놓고 투항해라!"

"에익, 독한 년!"

적들은 성칼지게 군도를 휘둘러 야옥이를 사정없이 찔렀다.

마지막으로 야옥이는 "일본제국주의를 타도하자! 중국공산당 만세!"를 목청껏 부르고 장렬한 최후를 마쳤다.

길청령아 말하라

　길청령은 연길시와 왕청현 간의 경계를 이루고 있는 유서 깊은 령이다. 지난날 항일소년들은 비밀통신을 가지고 이 령을 넘어 배초구, 소왕청, 왕우구, 가야하 등지로 다니면서 이 령에 뜨거운 피를 흘리였다. 삼도구 소선대원 목운식 소년이 그 가운데의 한 사람이다.

　목운식 소년은 왕청현 삼도구의 소선대원이다. 그는 두 살을 잡던 1921년경에 어머니 등에 업혀 두만강을 건너섰다. 이국땅에서 살길을 찾아 헤매다가 괴나리봇짐을 푼 곳이 배초구였다.

　7살 때 마 지주집 아이보개로 머슴살이를 시작한 운식이는 열 살부터 염소를 방목하고 땔나무를 해야 했다. 먼동이 트면 남 먼저 일어나 넓은 마당을 쓸고 지주집식구들의 신발을 닦아야 했으며 지어는 지주의 셋째아들의 책가방까지 메여다주어야 했다. 그래도 차례지는 것은 매고 욕이었다. 지주집에서 일하는 아버지나 식모살이하는 어머니의 신세도 매 한가지였다.

　어느 날 아버지가 산짐승 몇 마리를 잡아왔다. 운식 소년은 노루다리를 더듬기도 하고 산돼지 털을 세워보기도 하면서 산짐승 곁을 떠날 줄 몰랐다.

　"이 자식, 어째 우리 걸 만지는 거야?"

누군가 꽥 소리를 지르며 운식이의 목덜미를 낚아챘다.

얼결에 돌아보니 지주 놈의 셋째아들 녀석이었다. 운식이는 분이 잔뜩 치밀었다.

"뭣이 어째? 우리 걸 만지는데 무슨 상관이냐?"

"이게 너희 거냐?"

셋째 놈은 비아냥거리며 운식에게 한 매를 안기었다. 운식이가 분이 치밀어 본때를 보여주려 하는데 지주 여편네가 달려와 머슴 놈이 어디대고 네 것 내 것 하느냐며 콩팥 칠팥했다.

운식 소년은 울분이 치밀어 올랐으나 어쩔 수가 없었다.

그 뒤 어느 날 밤 그는 아버지, 어머니를 따라 지주집을 가만히 뛰쳐나왔다. 그들은 깊고 으슥한 산속에 초막집을 지어놓고 부대밭을 일구었다.

그때 왜놈들이 날뛰는 세상이라 마음 놓고 산 아래로 내려갈 수 없었다. 소금을 못 먹게 되자 부종이 왔다. 시름시름 앓고 있던 어머니는 두 눈이 팅팅 부어오르더니 자리에 몸져눕고 말았다.

"살아갈 길이 막막하군요."

병석에 누운 어머니는 땅이 꺼지게 한숨을 쉬었다.

"듣자니 가난한 사람들을 위해 싸우는 유격대가 있다오."

"정말이나요?!"

운식 소년은 귀가 솔깃해졌다. 그의 어린 심령에서는 그 무엇이 꿈틀거렸다.

그 후 운식 소년은 과연 자기 초막집에서 항일유격대원을 만났고 아버지, 어머니와 함께 왕청현 삼도구유격구로 들어갔다. 유격구에서 아버지는 혁명조직에 가입했고 병을 털고 일어난 어머니는 아버지의 한쪽 팔이 되었다. 운식 소년도 소선대원이 되어 활약하였다.

1933년 봄 어느 날, 그는 급한 연락임무를 맡고 소왕청근거지로 가게 되었다. 그는 허리에 손도끼와 바오라기를 차고 손에는 검정 밥보자기를 들었는데 틀림없는 나무꾼 차림이었다.

운식 소년이 소왕청 근거지로 뻗은 마반산 기슭의 '비밀통로'에 이르렀을 때였다. 저 앞 숲 속에서 갑자기 푸드득 소리가 나더니 산새 몇 마리가 하늘에 날아올랐다. 분명 무엇에 놀란 모양이었다. 운식 소년은 경각성 높이 인차 땅에 주저앉아 숲 속에 눈귀를 모았다.

아니나 다를까 산새들이 날아 오른쪽에 사냥총을 멘 수상한 사람이 나타났다. 총을 메고 서있는 품이 사냥꾼 같지 않았다. 무엇을 발견한 사냥꾼이라면 멍청하니 한곳에 서 있을 리 만무하였다.

운식이는 '비밀통로'의 다른 방향인 큰길 아래 강둑에서 도끼질을 해댔다. 했으나 눈길은 수상한 사람의 몸에서 떨어지지 않았다. 그 사람은 곤색 양복에 각반을 치고 젖혀 쓴 모자에 색안경까지 걸었는데 운식이를 보자 범을 만나기라도 하듯 급기야 나무숲에 숨어버렸다.

"특무 놈이 틀림없다." 이렇게 단정한 운식 소년은 나뭇단을 척 둘러메고 걸음을 떼었다. 그 사람을 유인하기 위해서였다. 과연 그 사람은 운식이의 뒤를 밟았다. 산모퉁이를 돌아서 웬 빈집 마당에 걸터앉으니 그 사람은 도적고양이마냥 사방을 두리번거리며 운식이한테 접근하였다.

"너 어디서 사는 아이니?"

"왜 그래요?"

운식이는 태연히 되물었다.

"사냥을 나왔는데 길을 좀 물어보려고 그런다. 너 이 지방에서 살면 여길 잘 알겠구나."

"예, 그런가요?!"

운식 소년은 그제야 알았다는 듯이 땀을 훔치면서 우물가로 갔다. 그 사람이 몸 가까이에 붙지 못하게 하려는 심산이었다. 그러자 그도 우물가로 스적스적 묻어왔다. 그는 아이라고 얕보았던지 바지호주머니에서 담배를 꺼내들었다. 그 순간 운식이는 그 사람의 허리에 찬 권총을 보아냈다.

"특무구나!"

운식 소년의 머리에서는 생각이 번개같이 스쳐지나 갔다. 누구의 힘도 바랄 수 없는 곳에서 무장한 놈을 붙잡자면 대담하고 지혜로운 행동이 수요 되었다. 필요하다면 목숨까지 내걸어야 했다.

운식은 밥그릇을 내놓고 앉을 자리를 찾았다.

"야! 너 그 보자기 에 싼 것이 뭐냐?"

특무 놈은 손을 내밀었다.

운식이가 예견한 대로였다. 그자를 한걸음 더 낚기 위하여 운식은 울음발린 소리를 해댔다.

"안 돼요, 이건 내 것이 아니에요. 여기서 누구를 만나거든 암호를 묻고 주라는 것이에요."

특무 놈은 웬 떡이냐는 듯 보자기를 빼앗으려고 덮쳐들었다. 그러자 운식이는 우물을 끼고 돌며 그자에게 틈을 주지 않았다. 소년을 붙잡지 못하게 되자 특무 놈은 사냥총을 벗겨들었다. 그제야 운식이는 울상을 한 채 말하였다.

"총을 쏘지 마세요. 총 소리를 듣고 오던 사람도 되 가겠어요."

운식이는 할 수 없는 듯이 우물 한쪽에서 밥그릇 보자기를 내밀었다. 그자의 손이 보자기에 거의 닿았을 때 운식 소년은 보자기를 급기야 놓았다.

순간 "텀벙"하는 소리와 함께 밥그릇이 보이지 않았다.

"앗!"

운식 소년은 기겁한 소리를 치며 보자기를 건져내라고 야단을 쳤다.

특무 놈은 아쉬운 듯 우물 안에 눈길을 던지었다. 그자가 허리를 굽히자 등판이 운식이의 눈 아래에 놓였다.

"옳지!"

운식 소년은 이때라고 허리춤에서 날렵하게 도끼를 뽑아 특무 놈의 뒤통수를 내리깠다.

"으악!"

특무 놈은 외마디 비명을 지르며 우물가에 대가리를 푹 떨어뜨렸다. 특무 놈이 허리춤을 더듬자 운식 소년은 재차 뒤통수에 도끼 맛을 보여주었다. 그자는 이렇게 저승으로 갔다.

이듬해 1934년 봄, 운식 소년은 평강으로 통신을 떠났다. 그런데 불행히도 영창동을 지나자 산 속에서 그만 적들에게 붙잡히었다. 적들은 그를 저들의 길청령 경비초소로 끌고 갔다.

"몸에 무엇을 가졌느냐?"

"아무 것도 가진 게 없어요."

"바로 대지 못하겠니?"

적들은 그의 옷을 벗겨서도 바라던 것을 뒤지지 못하자 뭇매질을 안기었다. 땅에 쓰러진 운식이는 모진 매를 이겨냈다. 적들은 맥이 진했다.

이때 한 놈이 운식 소년의 왼쪽 짚신을 벗겨들었다.

찰나 운식 소년은 벌떡 일어서며 짚신을 든 자위단 놈을 밀치고 바른쪽 짚신을 벗어 경비초소 부엌아궁이에 놓으려 했다. 비밀통신쪽지가 면바로 바른쪽 짚신 짬에 들어 있었던 것이다.

적 두 놈이 눈치를 채고 와락 달려들었다.

비밀통신쪽지는 생명보다 중하다. 운식 소년은 짚신을 벗지 못하게 되자 짚신 신은 발을 장작불이 이글거리는 아궁이 속에 밀어 넣었다.

적들은 짚신을 빼앗으려고 미쳐 날뛰었다. 이자들은 엎드린 소년을 치고 차면서 뒤로 끄잡아 당겼다. 운식 소년은 초인간적인 의력으로 아픔을 참아가며 부엌돌을 꽉 끌어안았다. 짚신과 솜바지가 타들어 갔다. 사정없는 불은 운식 소년의 발과 다리를 지지고 있었다. 살이 타는 노린내가 경비초소 안을 꽉 채웠다.

한참만에야 정신을 잃은 운식 소년을 끌어냈으나 짚신은 이미 타버렸다. 적들은 그래도 단념하지 않았다. 적들은 운식 소년을 병원에 가져다 구급했다. 그러나 모진 상처, 험한 화상으로 하여 운식 소년은 병원에서 숨을 거두었다.

어언 반세기가 지났다. 허나 오늘까지도 그에 대해 아는 것이 많지 못하다. 안다면 운식 소년이 믿음직한 항일소선대원이라는 그것뿐이다.

길청령아 말하라, 운식 소년의 영웅적 업적을! 열사의 그 정신을 길이 전해다오!

소년영웅 증만이

1932년 가을의 어느 날, 자동 채수골의 아동단원 김증만은 화룡현 개산툰구구위서기의 부름을 받았다.

"아저씨, 저를 찾았어요?"

"응, 긴급통지가 있다. 이걸 인차 삼동포의 당 구위 통신처에 전해야겠다."

"긴급통지?" 증만이는 고개를 갸우뚱거리며 긴급통지를 받아 쥐었다. 구위서기의 엄숙한 눈길에서 통지의 긴박성을 가늠한 증만이는 쪽지를 가늘게 돌돌 말았다. 그래도 시름이 놓이지 않아 그 위에 글 안 쓴 종이를 한 벌 감고 풀칠까지 단단히 하였다.

"아저씨, 그럼 곧 떠나겠어요."

"그래라. 놈들이 도처에서 쏘다니니 조심해야 한다."

"시름 놓으세요."

말을 마친 증만이는 깡충깡충 뛰어 갔다.

"그놈 만만치 않은데… 장래의 훌륭한 기둥감이군 …"

구위서기는 오돌찬 증만이의 뒷모습을 바라보면서 중얼거렸다.

바로 며칠 전에 개산툰구 공청단 구위의 한 책임자가 광덕봉에 가서 회의를 불렀다. 그때 왜놈토벌 대가 느닷없이 달려들었다. 사태는 험악하였다. 동지들은 급기야 적의 포위를 헤쳐 나갔다.

공청단 구위 책임자가 토벌대의 총창에 찔려 뱉이 쏟아져 나왔다. 헌데 웬 영문인지 토벌대 놈들은 그를 죽일 대신 약까지 발라주고는 슬금슬금 꽁무니를 뺐다.

새로운 정황이었다. 빨리 행동하지 않으면 그 후과는 상상하기도 어려울 판국이었다. 그래서 구위서기는 의외의 사고를 피면하기 위해 삼동포의 동지들한테 긴급통지를 띄웠던 것이다.

증만이는 무등 기뻤다. 구위서기의 미더운 눈길에서 힘을 얻은 그는 부지런히 길을 걸었다.

어느덧 몇 호 안 되는 돌문안(현재 옛터뿐임)을 지나고 후저골(자동6대)을 지났다. 자동촌 마을 뒤 첫 영마루에 올라서니 정든 고향 산천이 한눈에 안겨왔다. 그는 여느 때처럼 적정이 없나하여 사방을 두리번두리번 살피였다. 눈길이 채수골에 닿았다. 고향 마을을 바라보노라니 지난 5월에 있었던 비통한 일이 눈에 삼삼히 떠올랐다.

당시 증만이네 집은 혁명동지들의 연락처였다. 동지들은 종종 그의 집에서 모임을 가지거나 주숙하군 하였다. 5월의 어느 날 밤, 외지 동지들이 그의 집에 모여 채수골 혁명자들과 함께 모임을 가지였다. 모임은 밤늦도록 계속되었다.

날이 희붐히 밝아 올 무렵 갑자기 한 무리 일제토벌대가 채수골에 덮쳐들었다. 급보를 접한 동지들은 산으로 치달았다. 공산당원인 증만이의 사촌형 김동선이가 총에 맞아 비칠거렸다. 증만의 아버지가 뒤에 혼자 남아서 엄호하였다. 적들의 주의력을 자기한 몸에 모으려는 것이 불보 듯 뻔했다. 토벌대 놈들은 혁명자들을 붙잡지 못하게 되자 증만의 아버지를 보고 으르렁거렸다.

"금방 집에서 도망친 자들이 무슨 사람들인가?"

"모르오."

"모른다, 당신 집에서 나갔는데도 모르는가?"

"모르오."

"고약한 자식!"

분이 상투밑까지 치민 놈들은 다짜고짜로 일천에게 총알을 안기였다. 그리곤 그를 집에 끌어다 넣고 불을 질렀다. 놈들은 그길로 채수골안을 휘딱 뒤집었다. 영마루에 자리 잡은 알미대의 몇 호 마을도 불바다에 잠기였다. 개잡은 포수처럼 으쓱해서 돌아가던 놈들은 또 후저골 어귀에서 최 씨라고 하는 혁명자를 기관총으로 쏘아 죽이었다. 자동의 사립정동학교도 이날 불을 맞아 잿더미로 되었다.

증만이는 이렇게 아버지를 잃었다. 이해 그는 겨우 열두 살이었다. 훌륭한 아동단원이 되라던 아버지의 말씀이 귀전을 때렸다. 그럴수록 원수에 대한 원한이 골수에 사무친 그는 원수를 갚으려고 억별렀다. 지난해에 아동단에 가입한 그는 한밤중이라도 혼자서 늘찬 채수골을 벗어나 두만강을 낀 광덕봉으로 통신연락을 갔으며 왜놈들이 도사린 개산툰에까지 잠입하여 정탐임무를 수행하였다.

어느 날 그는 자기의 한 사촌형이 경찰 놈의 누이와 결혼하고 여편네 궁둥이를 따라 처갓집 나들이를 간다는 소식을 들었다.

"원수도 모르는 더러운 것 …"

증만이는 이를 부드득 갈았다. 그는 그 걸음으로 자동의 강 아저씨를 찾았다.

"강 아저씨, 사촌형을 없애치우겠어요."

"뭐, 사촌형을?"

강 아저씨는 놀랐다. 증만이의 말을 듣고서야 어인 영문을 알게 되었다. 혁명자의 아들답다고 생각한 증만이가 더더욱 기특해 보였다.

"너 혼자 죽일 만 하냐? 내 동무해 주지."

강 아저씨는 증만이의 머리를 쓰다듬어주었다. 증만이는 좋다고 풍풍 뛰었다.

허나 그들은 헛걸음치고 말았다. 풀숲에 몸을 숨기고 해종일 길목을 지켰으나 사촌형은 종시 나타나지 않았다. 후에 알고 보니 사촌형은 다른 길로 갔던 것이다.

그날이 어제 같은데 벌써 가을이 왔다. 이 가을에 후동을 근거지로 하고 있던 중공 개산툰 구위가 채수골의 연두봉으로 옮겨왔다. 구유격대도 연두봉을 거점으로 삼고 맹활동을 벌리었다. 증만이는 이제야 허리를 펴고 사는 것 같았다. 마치도 제 세상이 온 듯싶었다.

추억은 나래에 나래를 펼쳤다. 고개는 한 고개 두 고개 뒤로 사라졌다.

몇 고개를 넘었던지 30여리 산길, 영길을 조이니 산을 등지고 올망졸망 들어앉은 마을이 눈앞에 나타났다. 삼동포 마을에 닿은 것이다. 그랬으나 경거망동할 수는 없었다. 증만이는 주의 깊게 마을의 동정을 살피였다. 그날따라 삼동포 마을은 유달리 고요하였다. 안전을 확신한 그는 곧장 구위 통신처를 찾았다.

증만이는 속이 뭉클했다. 통신처는 휑뎅그렁했던 것이다. 마을을 보아도 행동하기 불편한 늙은이 몇 분밖에 없었다. 토벌대의 진공에 모두 피난 간 모양이었다.

불길한 예감이 들었다. 그는 토끼를 품은 듯 가슴이 콩콩 뛰었다. 증만이는 더는 지체하지 않고 마을을 벗어나려 했다.

헌데 이를 어쩌나, 언덕 위에 오르니 왜놈토벌대가 코밑에서 올라오고 있지 않는가!

"서라 섯!"

토벌대 놈들은 돼지 멱따는 소리를 지르며 개미떼처럼 몰려들었다.

토벌대를 뿌리치기란 전혀 불가능하였다. 불의의 정황에 직면한 증만이는 애써 태연한 체 했지만 긴급통지가 문제였다. 풀숲에 던지자니 스스로 폭로될 것만 같았다. 그는 더 생각할 겨를이 없이 제격 글쪽지를 입안에 넣었다.

"이 자식, 우물우물 처먹는 게 뭐냐?"

왜놈 한 놈이 어느 결에 보고 와락 달려들었다. 증만의 입에 손가락을 넣던 놈은 고함 소리를 쳐댔다. 원수에 대한 증오를 이빨에 담아 증만이는 놈의 손가락을 꽉 깨물었다. 그러자 살기 띤 놈들이 우르르 달려들어 증만이를 한바탕 족치며 그의 입에서 무엇인가 얻어내려고 발광하였다. 나중에 마을로 끌고 내려갔다.

왜놈들은 처음에 아이라고 만만하게 접어들었다가 헛물을 켜고 말았다. 야성이 발작한 놈들은 총창으로 증만이를 찔러대며 어데 갔다가 오는가고 따지고 들었다.

"어데 갔다 오든지 무슨 상관이오."

증만이는 가슴을 떳떳이 내밀며 되알지게 내뱉었다.

"요놈새끼, 주둥아리 여물었구나."

한 놈이 달려들더니 날창으로 증만이의 살점을 오려내기 시작하였다. 붉은 피가 줄줄 흘러내렸다.

허나 최후를 각오한 증만이었다. 혁명에 한 몸을 바치리라 맹세한 적이 한두 번이 아니었다. 하기에 입술을 앙다물고 원수를 쏘아보며 용케도 모진 아픔을 참았다.

"이 살인백정 놈들아, 네놈들이 망할 날이 멀지 않았다. 나에게 무슨 죄가 있느냐, 개 같은 놈들 …"

왜놈과 졸개들은 아연해났다. 쬐고만 아이의 입에서 간담을 서늘케 하는 날카로운 말이 튀어나오니 놀라지 않을 수 없었다. 수건으로 중만이의 입을 틀어막는 놈, 날창으로 마구 찌르는 놈, 장탄하는 놈 – 한바탕 북새판을 피우며 돌아쳤다.

중만이는 입안에 찬 피를 원수들에게 확 내뿜으며 덮쳐드는 놈들을 물고차고박고 하였다.

왜놈들은 급기야 총을 쏘아댔다. 목숨이 경각에 다다른 순간 중만이는 젖 먹던 힘을 다해 "일본제국주의를 타도하자!"를 불렀다.

12살 소년, 12살 소년의 가슴에서 울려나온 심장의 메아리! 우리의 소년영웅은 채수골 쪽으로 몸을 돌리며 피 못 속에 쓰러졌다.

홍도 소년

　화룡시 소재지에서 남으로 약 5리 가면 룡성진 신원촌에 이르게 된다. 산 밑에 자리 잡은 아담한 이 마을이 바로 항일투쟁시기에 유서 깊었던 원화동 마을이다. 안홍도 소년은 1917년경에 원화동 상촌에서 태어났다. 그의 아버지는 산전수전을 겪어온 순박한 농군이었는데 슬하에 아들 다섯을 두었다. 홍도 소년이 넷째였다.

　가난한 집 아이들은 일찍 철이 들기 마련이다. 홍도 소년은 예닐곱 살이 되자 벌써 손아래 남동생 동욱이를 데리고 놀며 아버지, 어머니의 일손을 도왔다. 부모들은 다부지게 생긴 넷째를 더없이 귀여워했다.

　헌데 형님들은 종일 들락날락하는데 웬 일에 그리 바쁜지 도무지 알 수가 없었다.

　어느 날 큰 형님 학선(열사)이가 몇몇 동무들을 데리고 뒤 고방으로 들어갔다. 헌데 그들은 종시 나올 염을 안했다.

　뒤 고방에 박혀선 뭘 할까? 호기심이 동한 어린 홍도는 고방문창호지에 침으로 손가락 자국을 내고 들여다보다가 형님한테 들키었다.

　"뭘 보는 거냐?"

　큰형이 소리치자 홍도는 바삐 줄행랑을 놓았다. 며칠 후 홍도 소년은 자기보다 열 몇 살이나 이상인 큰형님한테 동동 매달렸다.

　"큰형님은 아무리 봐도 다르단 말이야!"

"뭘 다르니?"

"늘 모여앉아선 …"

"애, 그런 말을 하면 못써."

학선 형님은 동생의 말을 동강내더니 주위를 일별했다.

"이후 크면 알게 될 거다. 지금은 네가 알 일이 아니야."

이후 크면 알게 될 거라? 홍도 소년은 두어 살 나이를 더 먹어서야 이 말의 참뜻을 터득할 수 있었다. 그때에야 그는 비로소 큰형님이랑 일제를 몰아내기 위하여 나선 혁명가들이란 걸 알았다.

1930년 5월 연변을 휩쓴 대중적 5·30폭동은 삼도구에서도 성세를 이루었다. 큰형님이 이 폭동의 지도자였다.

그러던 어느 날, 낯모를 사람들이 홍도 소년의 집에 들어섰다. 보매 인자스러웠다. 그들은 큰형님의 손을 잡고 이슥토록 놓을 줄 몰랐다. 형님은 그들을 데리고 뒤 고방으로 들어가더니 홍도보고 망을 보라고 하였다.

며칠이 지나 홍도 소년의 집 뒤 고방엔 사람들로 빼곡하였다. 그 가운데는 전날에 본 그 두 분도 섞이었는데 대부분이 낯선 사람들이었다.

홍도 소년은 셋째형 홍원(화룡현 유격대 전사, 1933년 음력 1월 18일 어랑촌 반격전에서 영용히 희생된 13용사 가운데의 한 사람.)이와 함께 밖에서 뛰노는 척 하면서 문전보초를 섰다. 후에야 홍도 소년은 이날 자기 집에서 큰형님을 서기로 하는 중공 삼도구구위가 건립되었으며 그 인자한 두 분은 중공 동만 특별 지부의 책임자들인 조선족 왕경, 한별이라는 것을 알았다.

5·30폭동 후 한시기 자취를 감추었던 혁명삐라가 다시 나타났다. 이런 삐라는 중공 삼도구구위의 명의로 살포되었다.

"일본제국주의를 타도하자!"

"일체 주구를 타도하자!"

"노농 소비에트정권을 건립하여 완전한 자유를 얻어야 한다!"

"지주자산계급의 토지재산을 몰수하여 가난한 농민에게 분배하여야 한다!"

광범한 노고대중을 투쟁에로 부르는 전투적인 격문! 이것을 손에 든 홍도 소년은 가슴이 뻐근해났다.

삐라는 원화동상촌 홍도 소년의 집으로부터 주변 마을, 장거리, 충신장(지금의 화룡시)에 뿌려졌다. 원화동 하촌 사람인 구위부녀위원 황정옥 등과 안홍도 소년 그리고 손우 형님 안홍원이 앞장서 삐라를 살포하였다.

큰형님과 그 동무들의 신근한 노력 끝에 7월 한 달 사이에 원화동, 포동, 연강, 우심 등지에 기층 당 지부가 육속 건립되고 혁명단체들도 잇따라 조직되었다. 이달에 둘째형 안동회는 중공 당원으로, 셋째형 안홍원은 공청단원이 되었으며 홍도 소년은 원화동 소선대원이 되었다. 이해 홍도는 약 14살밖에 안 되는 홍안의 소년이었다.

홍도 소년은 큰형님의 부탁을 명기하고 홍원형과 함께 소선대 발전사업에 진력하였다. 이해 7월에 공청단 삼도구구위가 건립된 후 이 사업은 크게 진척되었다. 홍도와 원화동 소선대원들은 공청단조직의 직접적인 지도 밑에 혁명투쟁의 불길 속에 뛰어들었다.

1930년 8월 13일, 평강에서 중공 연화중심현위가 건립되었다. 새로 건립된 현위는 결의를 지어 각 향촌마다 보편적으로 추수폭동을 조직할 것을 호소하였다. 이에 따라 삼도구구위에서는 우심에서 회의를 가지고 국제무산청년일인 9월 7일에 '9·7폭동'을 단행하기로 결의하였다. 회의에서 홍도 큰형님 학선이 이번 폭동의 주요 임무에 대해서 언급하면서 주요 지도자들이 서로 지대를 바꿀 데 대해 포치하였다. 이는 투쟁의 수요였다.

9월 7일 아침, 원화동 일대의 수백 명 군중들은 충신장, 청파호 두 갈래로 갈라졌다. 홍도 소년은 일부 소선대원들과 함께 약 300명되는 시위대열에 섞이어 충신장을 바라고 길을 다그쳤다. 홍도 소년은 시위대열 속에서 연속 구호를 부르며 시위군중들의 사기를 돋구었다. 이들의 목표는 충신장에 소비에트정부를 세우는 것이었다.

시위 대열이 호호탕탕히 나아갔다. 헌데 충신장 북쪽의 술 공장과 얼마 안되는 곳에 이르렀을 때 동북군벌군대들이 수비를 강화한데서 시위대열은 청파호 쪽으로 방향을 바꾸지 않을 수 없었다. 홍도 소년은 대열의 앞뒤로 뛰어다니며 시위군중들을 고무하였다. 몇 리 못 갔는데 동북군벌군대가 사격하며 쫓아왔다. 군중들은 해산해야만 했다.

이 나날에 홍도 소년은 소선대원들과 함께 원화동과 그 주변 마을들을 다니며 착취자의 토지문서와 고리대 문서들을 빼앗아 소각해 버리었다. 삼도구와 길지구간의 일제전화선을 절단하는 투쟁에도 참가하였다.

1930년 겨울에 큰형님은 구위 공청단서기 최영과 같이 현위를 찾아 용정으로 떠났다가 평강 내풍동의 한 농가에서 적들에게 붙들려 연길감옥에 압송되었고 4년 징역형에 떨어졌다.

원화동이 형님을 수요하고 삼도구가 형님을 수요하는 때 형님이 적의 마수에 걸려들다니 웬 말인가. 홍도 소년은 몇 번이고 연길감옥으로 가려다가 형님들의 제지를 받았다 곰곰이 생각해보면 자기 한 몸으로 큰형님을 구해낸다는 것은 어처구니없는 일이었다.

홍도 소년은 냉정해졌다. 그는 동생들이 마땅히 형님의 몫까지 짊어지고 나가야 한다고 보았다. 이렇게 생각하니 속이 든든해지고 힘도 났다. 그는 백배의 힘으로 시대의 거세찬 격류 속에 휘말려들었다.

하나 투쟁은 참혹하였다. 이도구 경찰분서 놈들이 마차를 가지고 살기등등하게 원화동에 덮쳐들었다. 당원과 골간 10명이 당지부책임자 박동호의 집에서 밤을 밝히며 회의를 하다가 몽땅 붙들렸다. 둘째형과 셋째형도 그 속에 들어 있었다. 후에 셋째형은 놓여나왔지만 둘째형은 이도구 경찰분서, 간도일본총령사관을 거쳐 서울 서대문 형무소로 압송되었다. 집안은 온통 썰렁한 기운뿐이었다.

조직은 파괴되고 동지들은 흩어졌다. 인젠 누구를 믿고 싸워갈 것인가, 원화동이 몸부림치고 삼도구가 몸부림쳤다. 홀로 떨어진 홍도 소년은 한때 절망 속에서 몸부림쳤다.

했으나 홀홀히 쓰러질 그가 아니었다. 어느 때고 조직의 품에 안기리라는 불같은 마음이 북받쳐 올랐다.

1931년 9·18사변 후 큰형님은 '정치범'들에 대한 동북군벌당국의 특사령을 받고 옥에서 풀려나왔다. 고향집에서 형님을 맞이한 홍도 소년은 꿈을 꾸는 것만 같았다. 그는 반가운 나머지 어깨를 달싹이며 엉엉 울었다.

"형님, 우린 어째야 하나?"

형님은 속이 바글바글 끓어 번졌다. 원화동 조직은 이미 파괴되고 재건된 구위는 우심산에서 활동하고 있다는 것을 형님은 너무나도 잘 알고 있었다.

"네 심정을 알만하다. 허나 원화동이 영원히 없어지지 않는다

는 것을 알아야 해. 원화동은 다시 일어 날 것이고 항일의 봉화
는 거세차게 타오를 것이니 너무 애 태우지 마.”

학선 형님은 두 볼을 적시는 동생의 눈물을 닦아주었다.

홍도 소년은 형님의 두 어깨를 마구 쥐어 흔들었다. 가슴속에
서 꿋꿋이 지켜왔던 신념이 섬광처럼 빛났다. 형님은 그게 귀여
워 동생의 어깨를 다독였다.

큰형님은 그길로 흩어진 지하당원 몇을 찾아보고 평강으로 떠
났다. 조직의 부름이었다. 이듬해 초에 홍도 소년은 집을 따라 평
강벌에 자리 잡은 개척(오늘의 화룡현 동성진소재지 부근) 마을로
이주하였다.

그러던 그는 1932년 음력 11월 초에 개척에서 소오두구로 통
신을 전하던 중 용정의 총영사관 순사 놈들에게 붙잡혔는데 악귀
같은 놈들은 16살(혹은 17살) 밖에 안 된 그를 골안의 한 학교에
넣고 불태워 죽였다.

삼도구원화동의 홍도 소년은 이렇게 쓰러졌다.

《부록》

　1. 필자는 홍도 소년의 일가친족을 찾지 못하였다. 그리하여 똑
똑한 나이를 옳게 지적하기 어렵다. 홍도 소년을 목격하였거나
아는 분들이 그의 나이가 14~15살 안팎이라고 밝히었다.

　2. 당내 '좌'적 영향으로 말미암아 1930년의 추수투쟁은 폭동
으로 번져 갔다. 이해 추수투쟁을 흔히 '추수폭동'이라고 부른다.
연변의 추수투쟁, 다시 말하면 소작투쟁은 1929년부터 1932년까
지 해마다 진행되었다.

소선대 여중대장

러시아 10월사회주의혁명 기념일이 다가왔다. 중공 화룡현위에서는 현위 소재지 약수동에서 기념모임을 가지기로 결정하였다. 공청단 평강구위 아동국장 황옥순은 현위의 결정을 받들고 어랑촌 단 지부와 소선대 중대를 찾아 갔다. 때는 1932년 10월 하순의 어느 날이었다. 단 지부 서기 김주연은 어디로 나가고 소선대 중대장 차정숙(애명 이름 생검.)이 반겨 맞았다.

"언니가 왔네."

정숙이는 어린애처럼 매달리며 어리광을 부렸다. 그도 그럴 것이 정숙이와 옥순이가 서로 낯을 익힌 지도 인젠 하루 이틀이 아니었기 때문이다.

옥순이가 정숙이를 알게 된 것은 1930년 8월 어느 날이었다. 그때 어랑촌에 처음 발걸음을 내디딘 그는 마침 정숙이네 집에 머물게 되었다. 이집은 어랑촌의 토박이어서 온 가정이 혁명화되어 있었다. 그때에야 알게 된 일이지만 정숙의 맏오빠 차보균(열사)은 일찍 이도구 구산중학교를 다닐 때부터 혁명의 길에 들어섰는데 어랑촌 사립동일학교 교원으로 사업하면서부터 혁명투쟁을 본격적으로 벌리었다. 1930년에 차보균은 중국공산당에 가입하였다. 정숙이는 오빠의 영향을 받아 계급의식이 싹터 갔다. 이해 15살에 난 정숙이는 손우 오빠 차성철이와 함께 소선대에 가입한 후 통신, 보초, 삐라살포 등 일에 발 벗고 나섰다. 어랑촌 일대와 장인강, 이도구, 약수동 등지에 정숙 소녀의 발자국이 또렷이 찍히었다. 정숙이는 날과 더불어 숙성해 갔다. 황옥순 언니와의 친분도 날과 더불어 두터워만 갔다. 하기에 10월혁명 기념일을 앞두고 언니를 만난 정숙이는 반색을 하지 않을 수 없었다.

"언니 또 요긴한 일이 있겠지요?"

정숙이는 생글거리며 말하였다.

"요 깜찍한 것!"

옥순이는 미더운 눈길을 안기며 호호 웃었다.

10월혁명 기념모임을 가진다는 소식을 알게 된 정숙이는 우쭐했다. 그는 갑산, 누에골, 봉밀구 등지에 이미 소선대 조직과 아동단 조직이 뿌리를 깊이 박았다면서 어서 가보자고 졸랐다.

"애두, 우물에 가서 숭늉 달라는 격이로구나."

옥순이가 살짝 눈을 흘기었다. 허나 정숙이의 노력성과에 대해서는 탄복하지 않을 수 없었다. 언제보아도 열정적인 소녀였다. 어랑촌과 갑산, 누에골, 봉밀구 등지가 모두 한 중대였는데 정숙이는 남자 못잖게 중대장사업을 잘해 나가고 있었다.

정숙이는 옥순언니를 안내하여 갑산, 누에골, 봉밀구 등지로 갔다. 그들은 선후하여 20여 명의 소선대원을 만나 10월혁명 기념모임을 가진다는 현위의 결정을 전달하였다. 산속의 산림대, 즉 반일병사들도 이번 기념모임에 참가한다고 하니 소선대원들은 사기가 부쩍 올랐다. 그들도 정숙이한테서 그의 오빠 차보균이 당조직의 파견을 받고 진작 산림대에 들어가 반일병사 쟁취사업을 벌리고 있다는 것을 들었던 것이다. 정숙이는 비밀을 고수할 데

대하여 강조하면서 가난한 사람들이 허리 펴고 살날이 꼭 온다고
덧붙였다. 소선대원들은 그날을 위해 싸우겠다고 크게 다지었다.

이해(1932년) 11월 중공 평강구위 서기 김병수와 구유격대가
어랑촌에 들어섰다. 어랑촌이 화룡현의 첫 항일유격 근거지로 된
다는 소식을 들은 정숙이는 어깨를 으쓱하였다. 정숙이는 이 기
쁜 소식을 중대산하 소선대원들에게 알리었다. 이곳저곳에서 『소
년행진곡』이 울려 퍼졌다.

귀하고도 장하도다 우리 소년들
새 사회의 주인공 될 우리들이다

우리들은 뜨거운 피 식히지 말고
어서 바삐 현사회와 싸워봅시다

썩어가는 제국주의 다 무엇이냐
현시대의 모든 권리 지배하누나

바위라도 한번 치면 부서지리라
왜놈들을 남김없이 때려 부수자

소선대원들은 이 노래를 정숙이한테서 배웠다. 정숙이는 소선대
원들과 아동단원들에게 늘 혁명투쟁이야기를 들려주고 혁명가요를
가르쳤다. 『소년행진곡』은 그들이 가장 즐겨 부르는 노래였다.

어랑촌은 화룡시에서 곧바로 가면 30여 리 떨어진 산간지대에
위치하고 있다. 이 고장의 군중들은 조선의 어랑과 무산 등지에

서 살길을 찾아 모여든 조선이주민들이기에 계급구성이 좋았다. 자연환경과 지리적 조건도 근거지를 세우기에 알 맞춤하였다. 하기에 평강구 유격대의 뒤를 이어 달라자구, 개산툰구, 삼도구의 유격대(장총대)도 어랑촌에 모여들었다.

1932년이 서서히 저물어가는 12월의 어느 날 구위서기 김병수 아저씨가 정숙이를 찾았다.

"정숙아, 오늘 팔간집에서 중요한 회의가 있다. 소선대원들이 팔간집과 마을안의 보초를 엄격히 서야 하겠다."

중요한 회의란 말에 정숙이는 눈이 휘둥그레졌다. 그는 소선대원들을 여기저기 배치하면서도 중요한 회의의 무게를 가늠해 보았다. 마을이 전에 없이 조용하고 마을 안팎의 보초가 강화되는 걸 보아 이만저만한 회의가 아니었다. 팔간집 문전보초 과업을 접수해서야 그는 어인 영문을 다소 알아차렸다.

"현유격대 중대 창건 회의겠구나!"

현위 서기 최상동과 현위 군사부장 방상범, 4개 구의 유격대들이 삼삼오오 모여드는 것을 보아 이렇게 단정할 수 있었다. 구위 서기와 평강구 유격대 아저씨들한테서 현유격중대가 곧 창건된다는 것을 들어온 터였다. 군사부장 방상범 아저씨가 동분서주하며 일하던 모습이 눈에 선하였다.

정숙이의 짐작이 옳았다. 이날 화룡현 유격중대가 어랑촌 팔간집에서 정식으로 창건되었다. 방상범이 우렁우렁한 목소리로 현위 결정을 선포하고 평강구 유격대 대장 김세가 현유격중대 중대장 직무를 맡는다고 했다. 문밖에서 보초를 서다 이 말을 들은 정숙이는 부푸는 가슴을 진정할 수 없었다.

정숙이는 김세를 오빠처럼 따랐다. 김세 오빠는 연길현 요구 사람으로서 20년대 후기에 어랑촌 왈리구에서 소학교 교원으로 있었다. 그는 정숙의 맏오빠 차보균과 막역한 사이었다. 1930년 겨울, 오빠가 동북군벌군대에 체포되어 연길감옥에 투옥된 후 어랑촌에서 김세 오빠를 대장으로 하는 평강구 유격대가 재차 조직되었다. 유격대가 평강구 각지에서 신출귀몰하면서 무기탈취투쟁과 주구청산, 경제모금활동을 눈부시게 벌리게 되자 정숙이는 마을의 부녀회를 도와 유격대의 후방사업을 물심 면으로 적극 도와 나섰다. 신, 옷, 식량 등을 유격대에 날라 가는 일은 비일비재였다. '9·18사변' 후 연길감옥에서 나온 맏오빠는 김세 오빠와 손잡고 어랑촌 부근의 산림대에 들어가 산림대쟁취공작, 무기구입공작을 힘 있게 벌려 나갔다. 그만큼 현유격대 창건에 두 오빠의 큰 노력이 깃들어있었다. 정숙이는 이날 따라 온 세상의 기쁨을 독차지한 듯 새 힘이 솟구쳤다.

얼마 안 되어 현유격대 대원들은 새 군복을 일제히 떨쳐입었다. 그들은 근거지에서 바깥 보초를 서다가 열을 지어 어랑촌으로 들어올 때면 성수 나게 나팔을 불었다. 유격대원들의 모습은 미덥고 늠름하였다. 이때로부터 어랑촌은 중공 화룡현위와 중공 평강구위의 소재지로, 항일유격 근거지로, 현유격대의 활무대로 되어 적 통치구의 변두리에 거연히 존재하였다.

어랑촌은 약동하는 기상으로 차 넘치었다. 17살에 난 정숙이는 낮과 밤이 따로 없이 소선대 중대장사업에 충실하였다.

어느 날 정숙이는 근거지 마을의 소선대원들과 아동단원들에게 『기민투쟁가』를 배워주었다.

"동무들은 이 노래를 누가 지었는지 아나요?"

소선대원들과 아동단원들은 서로서로 돌아볼 뿐 선뜻 대답을 하지 못하였다.

"이 노래의 가사와 곡을 지은이가 바로 현위 최상동 서기예요."

정숙의 말에 모두가 놀랐다. 온 근거지의 군민들이 존경하는 현위 서기가 이런 재간도 있을 줄은 몰랐다. 소선대원과 아동단원들의 눈은 초롱초롱 빛났다. 정숙이는 그들에게 이런 이야기를 들려주었다.

지난해 봄 약수동에서 있은 일이다. 전 연변을 휩쓴 춘황투쟁의 불길이 평강구에서 세차게 타올랐다. 대중의 앙양된 기세에 크게 고무된 현위 서기는 5절로 된 『기민투쟁가』의 가사를 쓰고 곡까지 달았다. 그리고는 지하공작원들과 군중들에게 직접 가르쳐주었다. 허나 현위 서기는 연변 태생이 아니었다. 러시아 연해주의 한 조선인 가정에서 태어난 그는 일제에 대한 치미는 민족적 적개심을 품고 동만에 왔다. 그가 연해주를 떠날 때 갓 결혼한 아내는 돌도 차지 않은 남자애를 안고 멀리 블라디보스토크까지 전송하였다. 생사를 기약할 수 없는 이별의 순간 아내는 승리하고 꼭 돌아오라고 하였다 …

심금을 울리는 감동적인 이야기, 소년들의 눈에 어느덧 이슬이 맺혔다. 그들은 현위 서기처럼 자기들의 모든 것을 항일에 바쳐가겠다고 너도나도 굳은 결의를 다지면서 『기민투쟁가』를 다시 목청껏 불렀다.

기황에서 헤매이는 기민대중아
도시에서 농촌에서 다 일어났다
산송장을 묶어내는 원수제도를
쇠망치로 곡괭이로 때려 부수자
나가라 싸우라 쏘베트 승리를
전국적 통일에 나가 싸워라

근거지를 철옹성으로 지켜가자면 무기장비가 좋아야 하였다. 화룡현위에서는 "일본침략자와 한간, 주구 및 악패 지주의 손에서 무기를 탈취하여 자기를 무장하고 일본침략자를 철저히 몰아내자!"고 호소하였다. 현유격중대는 이 호소를 받들고 안도 산속의 산림대에 사람을 보내 무기 구입에 계속 힘쓰는 한편 무기탈취투쟁을 활발히 벌리었다. 1933년 음력 1월 중순에 김세중 대장은 싸움에 능한 14명의 대원들을 직접 거느리고 삼도구 지주집을 습격하여 10여 자루의 무기를 탈취하였다. 이는 유격중대가 창건된 이후 '가장 간고한 환경 속에서 얻어온 한차례의 큰 승리'였다.

음력 1월 17일 현위에서는 근거지에서 '어랑촌 병민 경축대회'를 성대히 열고 현유격 중대의 출전승리를 경축하였다. 이어 군민오락야회가 벌어졌다. 정숙이는 소선대원들과 『어린이노래』를 함께 부르며 댄스를 췄다.

자유의 강산에서 우리 자라고
평화의 낙원에서 꽃피려 하는
새 나라 어린이야 노래 부르자
세상에 부러울 것 그 무엇이냐

창공에 일륜홍일 그 빛 찬란코
창공에 일륜명월 그 빛 명랑타
창해에 어별들은 꼬리쳐 놀고
원야에 양떼들은 뛰어논다

동무들아 어린이야 노래 부르자

노동주권 굳게 잡은 자유의 터에
온 세상 어린이야 다 이리 오라
영원한 자유평등 함께 찾으러

생기로 넘치는 소년들의 흥겨운 노래 소리는 근거지를 온통 환
락에 잠기게 하였다. 근거지 마을이 별빛 아래 포근히 잠들 때는
새날을 잡아서였다.

저 하늘의 별들이 하나 둘 사라졌다. 남산의 바위들이 검은 윤
곽을 드러내기 시작하였다. 근거지는 서서히 아침을 맞이하고 있
었다. 헌데 뉘 알았으랴, 삼도구, 투도구, 이도구, 용정 등지의
300여 명 일제토벌대가 밤의 어둠을 타서 어랑촌 근거지에 살기
등등하게 달려들 줄이야.

"놈들이 왔다!"는 소리가 단잠에 든 어랑촌을 발칵 들깨웠다. 근
거지 안의 1소대 13명 유격대원들은 현위 군사부장의 지휘하에 세
갈래로 나뉘어 적들을 반격하며 간부와 혁명군중들의 포위돌파를
엄호하기 시작하였다. 이 반격전이 바로 후세에 이름난 '어랑촌 13
용사 전투'이다. 잠에서 깨어났을 때는 적들이 이미 마을을 3면으
로 포위하고 조여들고 있을 때였다. 사태는 매우 위급하였다.

차정숙은 현과 구의 간부들을 도와 아동과 여성들을 서쪽 산에
오르도록 이끌었다. 그들이 마을을 벗어나서야 정숙이는 지친 다
리를 끌며 마을가 논밭에 나섰다. 이 찰나에 정숙이는 몸을 휘청
거리였다. 어지러이 날아드는 적탄에 관통상을 입었던 것이다. 정
숙이는 그만 논둑 밑에 쓰러졌다.

시간이 얼마나 흘렀는지 놈들이 물러간 뒤 정숙이를 찾아내었을
때는 그의 생명이 이미 경각에 다다른 때였다. 정숙의 어머니는 실

신할 지경이었다. 어머니는 딸을 끌어안고 부르고 또 불렀다.

정숙이는 가까스로 어머니를 알아보았다.

"어머니, 나 귀 하나 없어요."

"뭐라니?"

그제야 살펴보니 정숙이는 한쪽 귀가 없었다. 악귀 같은 적들이 '승리'를 보고하기 위해 그 증거물로 정숙이의 한쪽 귀를 베어 갔던 것이다. 너무나 격분한 어머니는 치가 떨리었다.

약 반시간 후 정숙이는 숨을 거두었다. 몇 시간 전만 해도 군중들을 포위돌파에로 이끌던 그였다, 몇 시간 전만 해도 꿈속에서 새날을 동경하며 조용히 웃던 그였다.

정숙이는 갔다. 영영 갔다! 어머니의 목 갈린 부르심도, 소선대원들의 애탄 외침도 듣지 못한 채 …

수옥이와 순임이

일제침략자는 대량의 정규군을 동만(연변)에 끌어들여 1932년 4월부터 우리 항일군민에 대한 '대소탕'을 감행하였다. 지하조직이 엄중히 파괴당하고 많은 동지들이 피 못에 쓰러졌다.

그 같이 간고한 6월의 어느 날 이른 아침, 구수하 영창동으로부터 소완자(오늘의 연길시 인평촌)로 가는 한길에 한 쌍의 젊은 부부가 나타났다. 머리 위에 동고리를 인 신부가 신랑의 뒤를 따랐는데 수집은 그 모습이 하도나 인상적이어서 적의 밀정들까지도 갓 잔치한 부부로만 보았다. 부부로 가장한 이들이 긴급임무 수행 길에 나선 영창동의 소선대원 허수옥(17살)과 최순임(18살)일 줄은 어찌 상상이나 했으랴. 그들은 중공 팔도구 구위에서 등사한 삐라와 비밀통지를 구위 산하 봉림동 당 지부로 전하러 가는 길이었다.

부르하통하가 저 앞에 나타났다. 헌데 비온 뒤라 물이 급격히 불어서 소완자의 나룻배에 오르지 않을 수 없었다. 나루터를 금방 떠나 봉림동으로 가는 길에 들어서자 몇몇 사나이들이 거들먹거리며 앞을 막았다. 후에야 안 일이지만 이자들이 바로 왜놈의 앞잡이질 하는 연길현 소완자 자위단 놈들이었다.

피할 수 없는 처지였다. 허수옥과 최순임은 태연히 걸음을 조이었다.

"섯거라! 너희들은 무얼 하는 사람이냐? 어데로 가는 거냐?"

"친정으로 가는 길이예요."

최순임이 제꺽 대답하였다.

"친정으로 간다구? 그 동고리 속의 건 뭔가?"

한 놈이 다짜고짜로 최순임의 머리 위에 인 동고리를 와락 잡아챘다.

허수옥은 가슴이 섬직했다. 동글납작한 동고리 속의 찰떡 밑에 있는 삐라뭉치 ⋯ 비밀편지까지 놈들의 손에 들어가선 안 된다. 여기까지 생각한 수옥이는 그자들이 동고리 뒤지기에 여념이 없는 틈을 타서 편지를 제꺽 입에 넣고 씹었다. 자위단 놈들이 삐라뭉치를 들춰내고 득의양양해할 때는 비밀편지가 진작 수옥이의 배속에 들어간 뒤였다.

"이건 뭐냐?"

삐라뭉치를 든 한 자위단 놈이 개잡은 포수마냥 우쭐했다.

"눈으로 보면서 묻긴 왜 물어?"

허수옥은 그자를 쏘아보았다.

허수옥과 최순임은 소완자 자위단실로 끌려갔다.

"누가 삐라를 줬느냐?"

"어디로 가져가는 길이냐?"

"바로대지 않으면 총살이다, 총살!"

자위단 두목 놈의 꽥꽥 소리.

"이것은 반일삐라다. 일제의 개다리한테는 아무 것도 알려줄 수 없다!"

허수옥과 최순임의 단호한 대답.

악이 난 놈들은 몽둥이를 휘둘렀지만 철문 같이 꼭 닫긴 두 소선대원의 입을 열 수가 없었다. 맥이 진한 놈들은 그들 둘을 연길 일본헌병대로 압송하였다.

사람 잡이에 이골이 튼 헌병대 놈들은 애어린 두 남녀를 보자 웃음주머니가 흔들흔들해났다. 그러지 않아도 공산당지하조직의 비밀을 밝혀내지 못한다고 상전의 질책만 받던 그놈들이었으니까.

낯짝에 웃음을 게바른 헌병 놈이 허수옥의 앞에 다가섰다.

"어이 젊은이, 비밀연락지점만 알려주면 인차 놓아주겠소."

이어 놈은 이것도 많이많이 준다며 돈 몽치를 꺼내들었다.

"모른다! 알아도 말하지 않을 테다!"

허수옥은 냉소했다.

"말하지 않겠다고, 어디 된 맛을 봐야 알겠구나."

회유에서 실패하자 적들은 악착한 고문을 들이댔다. 그들 둘은 살이 찢기고 피가 터졌으나 입을 앙다물고 굴하지 않았다.

벌써 몇 번이나 인사불성이 되었는지 모른다. 적들은 그들을 유치장에 처넣었다.

시간이 얼마나 흘렀던지 제 정신이 든 허수옥은 온힘을 다하여 창가로 기어갔다. 고향집 파란 하늘이 저 멀리 안겨왔다.

허수옥은 1916년에 영창동의 한 가난한 농가에서 태어났다. 그가 철이 들기 시작한 때는 바로 조선족인민들의 반제반봉건투쟁이 세차게 일어나던 시기였다. 사립봉명학교 시절에 벌써 혁명적 교원들에게서 혁명의 도리를 터득한 그는 반일 학생조직에 가담했으며 학생강연회를 조직하고 반일사상을 힘써 고취하였다. 수옥이는 봉명학교를 졸업한 뒤 마을의 소선대 조직에 가입하여 본격적으로 활약하기 시작하였다. 표어붙이기, 삐라살포, 통신연락, 보초서기, 정탐 등 활동마다에서 모범을 보였다. 투쟁 가운데서 수옥이는 소선대의 믿음직한 골간으로 자랐다. 조직에서는 소선대의 중요한 활동마다 그를 내세웠다. 이번 긴급임무수행도 그러했다. 허수옥이가 나서자 소선대책임자는 선뜻 동의했던 것이다.

허수옥이는 쇠창살을 잡고 고향 쪽을 하염없이 바라보았다.

적들은 허수옥이와 최순이를 다시 끌어냈다. 허나 갖은 악형도 두 소선대원의 반석 같은 의지를 꺾지 못하였다. 죽음으로써 당의 비밀을 고수하려는 그들 앞에 심문과 고문이 다 무엇이었으랴! 그들이 입을 열자 줄욕이 쏟아졌다.

"생사람을 잡아먹는 야수들아! 우리한테서 공산당의 비밀을 알아내려는 건 망상이다. 네놈들의 폭행은 네놈들이 무능하다는 것을 증명할 뿐 혁명자를 굴복시키진 못한다. 두고 봐라! 야수 같은 네놈들이 소멸될 날이 멀지 않아 꼭 오고야 말 것이다."

죽음을 초개 같이 여기는 두 소선대원, 적들은 아연해지고 말았다. 공산당이 키워낸 젊은이들이 어떠한가를 뒤미처 깨달은 듯하였다. 무가내한 적은 수옥이와 순임이를 연길공원으로 끌고 갔다.

두 소선대원들은 떳떳이 사형장에 나섰다. 생명을 마감 짓는 최후의 시각, 한창 피어나는 꽃나이에 더 살고도 싶었고 할말도 많았으련만 그들은 원수들을 쏘아보며 입술을 악물고 두 주먹을 부르쥘 뿐이었다. 시꺼먼 총구가 가슴을 겨누는 찰나 그들은 생명의 온 힘을 다해 외치고 또 외쳤다.

"일본제국주의를 타도하자!"

"혁명승리 만세!"

비장한 외침 소리는 공원의 하늘에 메아리쳤다.

허수옥, 최순임이 비장한 최후를 마쳤다는 소식이 영창동에 전해지자 통곡 소리가 마을을 꽉 메웠다. 마을의 당, 단 지부와 소선대 등 조직에서는 밤도와 추도회를 가지고 두 열사를 심심히 추모하였다. 소선대원들은 두 주먹을 꽉 부르쥐었다.

그로부터 반세기 남짓한 세월이 흘렀다. 허나 허수옥, 최순임의 빛나는 최후, 비장한 추도식은 사람들 속에서 잊혀지지 않았다. 당년의 소선대원이며 항일 노선배인 박춘일(조선족)은 자기의 회상기에 이렇게 썼다.

"이 두 동지는 내가 안 첫 열사들이었으며 그날 저녁 추도식은 내가 제일 처음 참가한 추도식이었다… 애도를 표시하는 화환도 없었고 또 비장한 추도가도 부르지 않았지만 이 추도식은 내가 영원히 잊을 수 없는 추도식이었다. 그때로부터 반세기의 긴긴 세월, 나는 그 몇 번이나 복수를 다지는 비장한 얼굴들과 눈물을 삼키는 흐느낌 소리를 회고하여 보았는지 모른다."

혀를 물어 끊으면서

1933년 여름의 어느 날, 화룡현 우복동 새 지팡 뒤 도롱봉 수림 속에 삼도구 우심일대 여러 마을의 20여 명 투쟁골간들이 모이었다. 삼도구 반제동맹구책 장봉한이 사회한 이 모임의 주제는 우심일대에 당이 지도하는 군중성적 혁명단체 — 반일회를 조직하는 것이었다. 이 소식이 새 지팡 마을의 소선대원 강치문에게 전해지자 그는 종일 안절부절못했다.

'우심당 지부와 혁명단체들이 올해 초 적들의 토벌에 전부 파괴되어 그간 조직이 그리웠는데 이번엔 이 기회를 놓이지 말아야지!'

드디어 강치문은 마음을 다잡고 형님 치석이를 졸라 마을의 반일회 책임자와 연락하게 하게 하였다. 잇따라 반일회 회원이 된 강치문은 기뻐 어쩔 줄 몰랐다.

알고 보면 반일회 조직은 우심의 북쪽 산 너머 지인동으로부터 시작되었다. 지인동은 현임 구반제 동맹구책 장봉한이 동년의 꿈을 묻은 고장이고 혁명의 걸음마를 뗀 고장이었다. 1930년 여름 이후 당이 지도하는 혁명투쟁의 불길이 드세게 타오름에 따라 지인동은 부글부글 끓었다. 1932년에 이르러 투쟁은 더욱 백열화 되어 갔다. 그 진두에는 공산당원 장봉한이 있었는데 그의 활동은 적들의 불안을 자아냈다. 신분이 탄로된 그는 더 배기지 못하고 1932년 겨울에 망명하여 삼도구위가 자리 잡은 우복동으로 갔다. 구위에서는 그에게 구반제 동맹책임을 맡기었는데 그 시기 삼도구 일대는 우복동을 제외한 구내 기타 지방의 당 조직과 산하 혁명단체들이 모두 파괴된 상태였다. 이런 형편에서 반일회란 혁명단체가 출현하였으니 강치문은 기뻐할 만도 하였다. 했으나 치문이와 주변 사람들은 장봉한의 진실한 이름과 신분을 몰랐다. 그저 '참새' 선생이라고 친절히 부를 뿐이었다.

요즘 종일 안절부절 못했던 치문이는 이번에는 종일 팽이처럼 팽그르르 돌아갔다. 그의 주요 책임은 마을의 보초와 삐라살포였다. 그는 밤이면 밤고양이처럼 날렵하게 숨어 다니면서 1931년 봄 이후 갓 일어난 태평촌 집단 부락과 동쪽의 유통사대 지주 장원 안에까지 삐라를 뿌려 적들을 발칵 들깨워놓았다. 그러나 적들은 선색을 쥐지 못하였다.

"일본제국주의를 타도하자!"

"주구, 반혁명파괴분자들을 잡아내자!"

"지주분자들을 타도하고 농민이 토지를 가지자!"

강치문 등이 살포한 혁명삐라는 새 지팡을 통하여 주변 마을들에 널리 흩날렸다. 일찍 공산당이 활동하였던 이 지방군중들은 쾌재를 불렀다. 공산당이 다시 활동하고 있다는 것이 그네들에게는 그지없는 위안과 희망으로 되었다.

반일회조직의 맹활약은 적들을 놀래었다. 그자들은 여러 마을들에 삐라가 흩날리고 군중들이 수군수군 대는 것을 보면 단순히 우복동에서 뻗쳐온 활동이 아닌 것 같았다. 반일삐라의 공개적인 살포가 이를 설명해주고도 남음이 있었다.

어느덧 적들은 낌새를 채고 1933년 여름과 가을 사이 중점 탄압을 가하기 시작하였다.

1933년 음력 5월 20일, 양력으로는 6월 12일이다. 이날 저녁 삼도구 경찰분서의 경찰 놈들이 태평경찰분주소와 무장자위단의 배합하에 우복동의 새 지팡에 우르르 모여들었다. 삽시에 총 소리가 고요한 밤의 정적을 깨뜨리며 새 지팡을 불안과 공포 속에 몰아넣었다. 놈들은 집집이 수색하더니 강씨네 형제인 치석이와 치문이를 선참 붙잡아내고 주씨 가문의 주봉숙의 남편, 주봉숙의 아버지, 둘째오빠 등을 끌어냈다. 이어 주변의 어느 지주집에 몰아넣고 혹독한 구타와 심문을 들이댔다. 누구도 입을 앙다무니 놈들은 10대의 소년 강치문을 만만히 보고 독을 들이었다.

"삐라는 누가 살포했느냐?"

"등사기는 어디에 감췄느냐?"

"누가 반일회회원이냐?"

"너희들의 뒷심은 누구냐?"

살인귀들의 짓궂은 질문에 강치문은 모르쇠를 댔다. 일이 이쯤 되자 놈들은 치문이를 구슬리기 시작하였다.

"얘, 어디 말해 보렴. 말만 하면 이 자리로 집에 돌려보낼 테다."

"모른다!"

"모른다구? 말하지 않으면 죽는 길밖에 없어."

강치문은 아예 거들떠도 보지 않았다. 이에 악이 난 놈들은 제 본성을 드러내고 마구 구타를 들이댔다. 어찌나 혹독했는지 적지 않은 갈비뼈가 끊어져 나갔다. 그래도 치문이는 강잉히 견디어내면서 "모른다!"는 말 한마디밖에 하지 않았다.

시간이 1분 1초 흘러갔다. 굴강한 강치문 소년은 끝까지 뻗치다가 나중에 혹여 흐리멍덩한 가운데 비밀 한마디라도 누설할까봐 머리를 돌리고 스스로 혀를 물어 끊었다. 적들이 다시 심문을 들이댈 때 그는 피와 함께 끊어진 혀를 내뱉었다.

순간 심문자들은 멍해지고 말았다. 공산당이 어떻게 키웠으면 이리도 굴강할까고 머리만 가로저었다.

"독한 놈!"

실망한 놈들은 일루의 희망이 더는 없음을 알았다. 이튿날 놈팡이들은 붙잡은 동지들을 어디론가 끌고 가서 전부를 총으로 쏘아 넘기였다. 반일회원 5명이 그대로 피못에 쓰러졌다. 그 가운데는 10대의 홍안소년 강치문이도 들어 있었다.

세월은 살같이 어언 70년이 흘렀다. 70년이 지난 오늘까지도 강치문 소년의 진실한 나이며 가족이며 일상사를 몰라 안타깝기만 하다. 어디에서 소년열사의 가족이나 후대가 나타나 이 안타까움을 끌 수만 있으면 얼마나 좋으랴, 기대해 보는 마음이다.

대오를 찾아서

1939년 겨울, 연길현(오늘의 용정시) 사방대 밀영에서 한 달 남짓이 보낸 항일연군 제1로군 제3방면군의 일부 부대는 식량이 떨어졌다. 1940년 음력설을 앞두고 이 부대 13연대는 소명월구의 한 집단 부락에 식량구입 공작을 나갔다. 식량을 해결 받은 후 부대는 부락에서 멀리 떨어진 밀림지대에서 밤을 새우며 아침밥 준비에 바빴다.

"쿵 — 웅"

"땅, 땅, 땅 …"

별안간 요란한 폭음과 총 소리가 고요한 밀림지대를 마구 뒤흔들어놓았다. 잠에서 소스라쳐 깨난 전사들이 급급히 밀림 속으로 퇴각하자 적 비행기 두 대가 씽 날아와 폭탄을 내리 던졌다.

부대는 고개 하나를 넘어섰다. 비행기는 또 날아와 폭탄을 들씌워 댔다. 폭탄은 면바로 전사들 가까이에서 터지면서 일부 사상자를 내였다. 조선족 꼬마전사 박봉동이도 폭탄파편에 다리를 부상당하였다.

뒤이어 적 토벌대가 까맣게 밀려들었다.

"퐁! 퐁! 퐁!"

"땅, 따땅!"

"따따따따 …"

총 소리가 콩 볶듯 요란했다. 부대는 적들한테 연속 명중탄을 퍼부었다. 싸움이 갈수록 치열해지자 부대는 싸우는 한편 식량 운수대를 엄호하면서 후퇴하기 시작하였다. 날이 저물자 적 토벌대는 물러서고 말았다.

헌데 이게 웬일인가, 부대를 점검해 보니 봉동이가 보이지 않았다.

"아참, 어찌된 일인가?"

동지들은 근심이 태산 같았다. 책임자는 정찰대를 파견하여 봉동이를 찾도록 지시하였다.

봉동이가 정신을 차렸을 때는 총 소리도 멎고 전장엔 여기저기서 연기만이 피어오르고 있었다.

"아저씨들은 다 어디로 갔을까?"

봉동이는 일순 눈앞이 캄캄해났다. 울어도, 소리쳐도 부대아저씨들이 나타나기는 불가능한 일이었다. 그는 난생 처음 심한 고독감을 느끼었다.

전투가 시작될 무렵 부대 책임자는 그더러 식량 운수대를 따라 행동하라고 했지만 그는 한사코 듣지 않았다. 직접 전투에 참가하고픈 강렬한 욕망은 그를 싸움터에 눌러 두었던 것이다. 이 전투에서 봉동이는 중대장이 준 싸창으로 왜놈을 쏘아 눕히긴 했으나 종내는 부대를 떨어지고 말았다.

봉동이가 어디 태생인가 하는 것은 딱히 알 수 없으나 그의 아버지, 어머니가 유격대원인 것만은 틀림없다. 아버지는 박영산이라고 불렀는데 어린 봉동이를 업고 유격대생활을 하기란 여간 어렵지 않았다. 그래서 그들 부부는 눈물을 속으로 삼키며 큰마음을 먹고 친혈육을 남의 집에 주었다.

봉동이는 다섯 살부터 왕청현 나자구의 한 중국인 노인네 댁에서 자랐다.

어느덧 그는 열한 살 소년으로 되었다. 마침 이해에 항일부대가 나자구에 나타났다. 어린 봉동이는 부대에 참가하겠다고 졸라댔다. 부대 책임자가 부대생활이 간고하기에 몇 해 후 다시 보자고 하자 봉동이는 울상을 하며 두 발을 동동 굴렀다.

"아저씨, 저를 꼭 받아주세요. 저의 아버지, 어머니도 아저씨 같은 부대에서 싸우고 있어요. 저는 꼭 잘 싸울 수 있어요. 아저씨들이 데려가지 않으면 전 어떻게 해요."

봉동이는 설움에 겨워 눈물을 뚝뚝 떨어뜨렸다.

그는 이렇게 열한 살에 항일부대에 참가하였으며 항일연군 제2군 제4사(연길현 유격대를 기초로 발전한 부대.) 사부의 근무병으로 되었다. 1939년 7월, 4사와 5사(왕청현 유격대와 훈춘현 유격대를 토대로 하여 발전한 부대.)가 항일연군 제1로군 제3방면군으로 편성되자 그는 제3방면군 지휘 진한장의 근무병으로 활약하기도 하였다.

이해 여름 제3방면군은 안도 경내에서 대사하전투를 벌리었다. 대사하진공전투를 성과적으로 진행하고 철거할 때 부대는 명월구 쪽에서 달려온 적후원병의 습격을 받았다. 봉동이는 철거 중에 부대 뒤에 떨어지게 되었다. 적 한 놈이 어느 결에 나타나 그의 한쪽 어깨를 잡았다. 이 위급한 관두에 그는 모제르총을 들어 적을 쏘아 눕혔다. 이해(1939년) 소년은 겨우 12살이었다.

그 후 봉동이는 부대를 따라 안도, 연길, 왕청 등지에서 활동하다가 이번에 소명월구의 한차례 식량구입 공작에서 부상을 당하고 부대를 떨어졌던 것이다.

봉동이의 어린 가슴은 바짝바짝 죄어들었다. 이럴 때 부대아저씨 한 분이라도 계신다면 얼마나 좋으련만 인제 고립무원한 역경에 빠지고 말았으니 통탄할 일이 아닐 수 없었다.

"전투에서 대오를 잃은 것은 자기의 생명을 잃은 것과 마찬 가지오."

부대 책임자의 말씀이 귀전을 세차게 때린다.

"그렇지, 대오를 잃는 것은 부모를 잃는 것과 같다. 아저씨들이 얼마나 안타까이 나를 찾고 있겠는가, 나는 대오를 잃고는 한시도 살 수 없다. 어떻게 해서든지 끝까지 대오를 찾아가야지. 덤비지 말고 마음을 진정하자. 잘못하면 적진으로 갈 수 있으니까. 자! 어느 쪽으로 가면 좋을까? 산골짜기로 갈까? 밀림 속으로 갈까? 눈을 감고 점쳐 볼까? 만일 도중에서 적을 만난다면?… 아니 문제없어, 나에게는 모제르총이 있으니까 빵빵 그 놈들을 쏴 죽이거든, 그러나 적에게 붙들리는 날이면? 그때는 이 모제르총으로 내 가슴을 …"

생각에 골몰하던 봉동이는 팔다리를 약간 놀려보았다. 한쪽 다리가 묵중한 돌이나 처맨 듯 도저히 움직여지질 않았다. 기승치는 맵짠 바람은 봉동이의 얼굴 어데라 없이 사정없이 때린다. 적들은 아직 모두 물러가지 않았다.

봉동이는 적의 시선이 미치지 못하는 언덕 밑으로 기어갔다. 상처가 쑤시는 듯 했고 온 몸이 얼어들며 이가 쫓겼다. 이대로 있다간 당금이라도 죽을 것만 같았다. 헌데 그렇다 할 방도가 떠오르지 않았다.

초조한 가운데 시간은 한 초 또 한 초 흘렀다. 뜻밖에 가까이에서 인기척이 났다. 죽은 사람처럼 납죽 엎드려 있을러니 웬 사람 둘이 허겁지겁 줄행랑을 놓고 있었다. 그중 한 사람이 다른 쪽으로 가고 한 사람이 곧추 자기한테로 걸어 왔다.

봉동이로 말하면 천재일우의 기회였다. 부대 품속으로 돌아가고픈 생각이 백열화하였다. 기회를 놓칠 수 없었다. 그한테로 향한 사람은 중년쯤 되는 텁석부리였다.

"꼼짝 말고 손들엇!"

그 사람이 가까이로 오자 봉동이는 상반신을 일으키며 모제르총을 내들었다.

텁석부리는 와뜰 놀랐다. 얼결에 손을 들고 보니 웬 아이가 모제르총을 자기한테로 겨누고 있지 않는가. 만만히 대할 거동이 아니었다.

텁석부리는 완전히 제압당하였다.

"살려면 당장 날 업으시우!"

"업고야 못 가랴만 그만한 일에 죽고살고 할 거야 뭐 있소? 나는 지금 토벌대 놈들한테 붙잡혀 죽도록 고생하다 도망쳐 오는 길이네. 아이 참 … 이놈의 세상이 언제나 편안해질는지 …"

봉동이의 가슴은 금시 짜릿해났다. 보매 순박한 중국인 농민이고 동정이 갔지만 아직 실속을 알 수 없었다. 봉동이는 자기의 의사를 강요할 수밖에 별다른 수가 없었다.

텁석부리가 봉동이를 업었다. 봉동이는 한손에 모제르총을 든 채 초신이나 지하족 발자국을 따라 걸으라고 인도하였다. 허나 얼마를 못 가서 발자국을 가려낼 수 없었다. 그렇건 말건 텁석부리는 가타부타 없이 내처 10여 리를 업어주었고 봉동이가 추워한다고 자기의 덧저고리까지 벗어 씌워주었다.

텁석부리의 행동은 봉동이를 감동시켰다. 육친다운 정이 다분히 넘치었다. 두 사람 사이는 한결 부드러워지고 가까워 졌다. 주고받는 말들도 갈수록 늘어 갔다.

봉동이는 이번에 부상당하고 부대를 떨어진 일이며 어려서 부모의 품을 떠났다가 혁명대오에 참가한 일이며 숨김없이 터놓았다.

"참 조련찮소. 어린 나이에 벌써 혁명을 위해 피를 흘리는데 나는 이 나이 되도록 …"

텁석부리는 감탄도 하고 한탄도 하였다.

"왜 그렇게 생각하셔요. 토벌대 놈들의 짐을 져다주지 않은 것은 왜놈을 반대하여 나선 것이니깐 참 잘 하셨지요. 우리가 편안히 잘살기 위해선 항일부대와 힘을 합쳐 그놈들과 싸워야 해요. 이제라도 늦지 않아요. 얼마든지 싸울 수 있어요!"

"글쎄, 어느 세월에 편안한 백성이 돼 보고 말겠는지 …"

"왜놈들이 망할 날이 멀지 않아요. 우리가 힘을 합쳐 싸우면 싸울수록 그날이 가까워 오니깐요."

봉동이는 부대에서 선전공작을 하던 그 솜씨를 그대로 펴나 갔다.

텁석부리는 연속 고개를 끄떡인다.

퍽 걸은 모양이다. 밀림 속은 벌써 어스름이 깃을 펴려고 서두른다. 산기슭을 돌아서니 갑자기 앞에서 거무스름한 사람 그림자가 얼른 한다.

"누구야, 섯!"

봉동이는 얼른 모제르총을 겨누며 되알지게 외쳤다.

"거, 봉동이 아니냐!"

뜻밖에도 박춘일 아저씨가 막 달려왔다.

"아저씨 …"

봉동이는 박춘일 아저씨의 가슴에 와락 안기었다. 반가움과 기쁨에 젖은 눈물이 두 볼을 적시었다. 봉동이를 한껏 포옹한 박춘일 아저씨는 봉동이의 간단한 이야기를 듣고 기쁨을 금치 못하였다.

"이번에 아주 용감한 전사로 단련되었는데… 고생 많았지?"

"아니 저분을 만나서 고생을 안했어요."

그제야 박 아저씨는 봉동이를 업고 온 40여 살 되는 중국인 농민에게 주의를 돌리게 되었다. 온 얼굴이 땀투성이고 거센 숨을 몰아쉬는 품이 기진맥진했다는 것이 역연히 드러났다.

"동무, 수고했소!"

박춘일은 진심으로 치하하였다.

"수고는 웬 수고겠습니까마는 난 인젠 한 걸음도 더 못 걷겠소."

"좋소. 이 애는 내가 업고 가겠소."

박춘일은 봉동이를 업으며 말을 이었다.

"여기서 한 6～7리 더 가면 우리 동무들이 있을 거요. 인젠 날도 저물었는데 같이 가서 주무시고 내일 떠나도록 하면 어떻소?"

텁석부리는 처음 사양했으나 나중에 머리를 끄떡이었다.

세 사람은 다시 길을 조였다. 박춘일도 이미 기진한 몸이라 자주 쉬지 않을 수 없었다.

한 고개를 가까스로 넘으니 먼발치에 토벌대 놈들의 고함 소리가 들렸다. 그들은 방향을 돌려 다른 산기슭에 올랐다가 또 한 사람을 만났다. 그는 박효준이었는데 기력이 진하여 도저히 대오를 따를 수가 없었다.

넷은 서로 의지하며 무거운 발걸음을 떼었다. 한 고개 또 넘으니 우리 부상병 7～8명이 10여 명 중국인 짐꾼들의 부축임을 받으며 간신히 걷고 있었다.

항일연군의 힘의 원천은 과연 인민대중이었다. 허리띠를 졸라맨 그네들은 어렵다는 말 한마디 없이 깊은 눈 속을 헤집고 묵묵히 한 발자국 한 발자국 옮겨 놓고 있었다.

가슴이 뭉클해났다. 이런 인민들이 받들어주는데 두려울 것 무엇인가, 부대 전사들은 보다 힘을 내어걸었다. 몇 리 길을 조이니 저 앞산기슭에 불무지가 보였다. 거기엔 퇀의 책임자들과 부대전사들이 있었다.

"동무들, 봉동이가 왔소!"

박춘일이 소리치자 부대동지들이 우르르 모여들었다. 잃었던 동생을 찾은 그런 기쁨, 그런 반가움이었다. 봉동이는 이 손에서 저 손으로 넘어 갔다.

"용하다. 죽지 않고 살아왔구나!"

연대부 책임 동지는 눈굽을 적시었다.

고요하던 밀림 속은 일시에 환락으로 들끓었다.

이때에야 안 일이지만 부대에서는 폭격 맞은 그 골안에 사람을 보냈는데 봉동이를 비롯한 주위 동무들이 모두 죽었다고 결론을 내렸었다. 중국인 짐꾼들이 아니었다면 정말 저세상 귀신이 되었을 지도 모른다.

"하, 하 하 …"

쾌활한 웃음소리는 밤하늘을 들썽해 놓았다.

봉동이는 상처가 중하여 밀영에 호송되었다. 허나 급격히 악화되어 며칠 후에 그는 끝내 희생되었다. 어려서부터 부모의 품을 떠나야만 했던 봉동이, 겨우 13개의 연륜을 새기며 부대를 집으로, 전사들을 부모로 삼던 봉동이─그는 영원히 동지들의 품을 떠나갔다.

현 아동국장 순희 동무

1934년 2월 중순까지 3개 월 간 일제는 천여 명의 병력을 풀어 소왕청 근거지에 대해 가장 야만적이고 가장 참혹한 동기대 '토벌'을 감행하였다. 근거지 항일군민들은 피어린 혈전을 견지해 오다가 부득불 근거지를 포기하고 요영구 근거지로 들어갔다. 근거지의 아동단원들과 고아들은 현유격대의 직접적인 보호 밑에 요영구의 한 골안에 자리 잡았다. 당 조직에서는 왕청현 아동국 국장 리순희를 이곳 어린이들의 지도자로 파견하였다.

이해 리순희는 열여덟 살에 나는 단발머리소녀였다. 어려서 부모를 잃은 그는 지주집 부엌데기로 매를 맞고 울면서 설움 겨운 생활을 하다가 혁명의 길에 나섰고 공청단원으로 자라났었다.

순희는 키가 좀 큰 축인데 기다란 속눈썹이며 새별같이 아름다운 눈이며 웃을 때마다 곱게 생긴 얼굴에 패는 보조개는 다정하고 활달한 성미를 보여주었다. 근거지 군민들은 그를 무척 아끼고 사랑해 주었다.

어린이들 곁으로 온 후 그는 자기보다 어린 동무들을 친동생처럼 간주하고 적 '토벌'에 부대껴 어지러워진 몸과 옷을 깨끗이 씻어주기도 하고 찢어진 옷을 알뜰히 꿰매주기도 하였다. 몸에 상처를 입은 아이들은 밤을 패면서 정성껏 간호하여 주었다.

그리고 반'토벌'전에 나선 유격대 아저씨들이 적을 통쾌히 족치던 장면이며 다른 지방 아동단원들이 적을 통쾌히 족치던 장면이며 다른 지방 아동단원들이 근거지와 적후로 드나들며 통신연락을 하던 일들을 재미나게 들려주었다. 그가 오자 아동단원과 고아들은 어시나 만난 듯 활기를 띠었으며 명랑한 노랫소리가 곳곳에 울려 퍼졌다.

새 세상 동터온다 모도다 마중 가자
오너라 무산 아동 네가 길길이다
하나 둘 셋 우리 삐오네르

조직의 배려와 언니 누나다운 순희 동무의 사랑은 어린이들의 마음을 후덥혀 주었다.

어느 날 밤 순희보다 세 살 아래인 아동단원 김옥순은 눈물이 앞을 가려 좀처럼 잠들 수 없었다.

"옥순이, 아직 안 자요?"

어느 결에 순희가 다가와 뺨을 살뜰히 문대주고는 관솔불 곁에 가서 학습장을 펼쳐들었다.

옥순이는 왜놈들에게 부모를 잃고 헤매다가 일전에 근거지로 들어온 일이며 아홉 살 어린 나이에 남의 집 아이를 업어주며 발방아를 찧던 일들이 눈앞에 서성거려 제 설움에 흐느꼈었다.

"옥순이, 무슨 생각을 했지, 응!?"

순희 동무는 옥순이 앞에 다시 나타났다.

"울면 못써. 맘을 크게 먹고 어떻게 하면 잘 싸워 나갈 수 있겠는가를 생각해야지 …"

"언니! 그런 게 아니야요. 나는 지금 행복해요!"

순희는 옥순이의 어깨를 다독이며 맑게 웃었다.

"몸을 튼튼히 하고 공부를 잘하면서 어서 무럭무럭 자라야 해!"

그는 다시 자리로 가더니 밤이 깊도록 손에서 책을 놓지 않았다. 그러던 어느 날 아침 옥순 등 아동단원들이 순희한테 모여 속삭이었다.

"언니, 오늘부터는 밤을 새지 마세요… 그러다가 언니가 앓기나 하면 어떻게 해요 …"

기특한 동생들이었다. 순희는 그들 모두를 한데 그러안아 주었다.

"동무들이 그렇게 염려해주니까 나는 아무리 밤을 샌대도 괜찮을 것 같아요. 동무들이 튼튼하기만 하면 나는 막 기운이 나요. 자 그럼 어서 아침준비를 합시다."

그러면서 순희는 하루의 일과를 『삐오네르』 노래로부터 시작하였다. 아동단원 모두가 즐겁게 따라 불렀다.

목에다 건 것은 붉은 넥타이
한손에 곤봉을 잡고서 탐정을 나간다
장하다 그의 이름 삐오네르 삐오네르
세상에 모도다 칭찬하다 삐오네르

명랑한 아침, 즐거운 아침.

순희는 여느 때와 같이 아동단원들에게 아침체조를 시키고 조기회를 가졌다. 회의가 끝나자 조선어, 정치, 지리, 역사, 노래 등 과목을 각자의 수준에 맞게 가르쳤다.

저녁이 오자 '혁명이란 무엇인가', '일본제국주의자들은 어떤

자들인가', '레닌 선생의 어린 시절' 등 문제를 내놓고 토론회를 가지였다. 이런 토론회는 자주 마련되었다.

아동단 생활은 갈수록 활기를 띠었다. 순희가 지도하는 아동유희대는 근거지 군민들 앞에서 자기들의 행복한 생활을 반영한 노래와 춤을 공연함으로써 그네들을 항일의 후비대로 건실하게 키워나 갔다.

1935년 가을, 리순희는 박길송 등 몇 명의 공청단원을 데리고 나자구 일대 지방공작에 나섰다. 그러던 어느 날, 리순희는 주구 리봉문과 헌병대 놈들과 맞띄워 적들의 총탄에 부상을 입고 체포되었다. 무서운 고문을 당했다 적들은 형틀을 조이고 매질을 해댔으나 그는 입을 꼭 다물고 꿋꿋이 견디어냈다.

하지만 독감방에 끌려와서는 저도 모르게 흐느꼈다.

멀리 북만원정의 길을 떠난 원 왕청 3연대(동북인민혁명군 제2군 독립사 제3연대)의 아저씨들이 그리웠고 어린이들의 곁을 떠난 고통과 근심이 가슴을 조이었다.

며칠이 지나자 술책을 바꾼 적들은 리봉문 주구한테 의사를 딸려 들여보냈다.

"순희, 나어린 여자의 몸으로 조국을 찾겠다는 그 생각만은 참으로 훌륭해. 그러나 내 말을 들어봐… 나라가 해방되면 무얼 하고 그대로 일본 사람들과 함께 살면 어때… 어쨌든 일생을 살기는 매 일반인데 …"

주구 놈이 지껄이는 말은 순희의 분노를 야기했다. 몸을 벌컥 일으키던 그는 모진 상처로 하여 그 자리에 쓰러졌다.

그 후에도 리봉문 놈은 의사와 동행하면서 고문하지 않고 치료해주는 것은 석방해주기 위해서라는 둥, 비밀을 말하면 팔자를 고쳐준다는 둥 희떠운 소리를 곧잘 쳐댔다.

"순희, 꽃 같은 청춘에 무엇 때문에 산속에서 그처럼 고생하겠소? 물론 나도 소련이 있기 때문에 혁명이 승리할 수 있다는 것을 아오. 그렇지만 그것은 먼 장래의 일이요. 그리구 …"

순희는 격분했다. 눈을 번쩍 뜬 그는 주먹으로 그자의 낯바대기를 힘껏 후려쳤다.

뜻밖에 봉변을 당한 리봉문은 눈깔이 시뻘개나며 이빨을 부드득 갈았다. 허나 그자는 헌병대의 추상같은 영이 무서워 다시 치근거렸다.

"지금은 큰 소리를 치지만 그래두 목숨 아까운줄 알 것이구 또 살고 싶을 테지 …"

순간 순희가 벽을 짚고 몸을 일으키며 주먹을 부르쥐자 그놈은 바서지는 소리를 치며 뒤로 게걸음을 쳤다.

그놈을 놓친 순희의 주먹은 부르르 떨렸다.

"개만도 못한 반역자야! 왜놈의 발바닥을 핥고 사는 주제에 누구에게 어쩌자는 거냐! 당장 짓밟아 죽이기 전에 나가라 이놈아! …"

순희는 다시 헌병대장에게 끌려가 혹독한 고문을 받았다.

"항일부대가 지금 어디에 있느냐? 대라!"

"우리 항일부대는 어느 산 어느 곳에나 다 있다. 그런데 나더러 그걸 어떻게 대란 말인가?"

"나자구 시내에 있는 지하공작원의 이름을 대라 누구누구냐?"

"나자구 시내에는 공산당원이 많다. 시내밖에도 많다. 네놈들이 나를 죽일 수는 있어도 내 입에서 그들의 이름을 들을 수 없다."

순희는 옹근 석 달이나 고문을 당했으나 조금도 굴하지 않았다.

하여 적들은 박길송 등을 '가석방'시키고 뒤를 밟았으나 헛물만 켰다. 도리어 박길송을 빼우고 말았다.

눈깔이 뒤집힌 적들은 순회에게 분풀이를 하며 불고문을 들이댔다. 허나 순회의 입은 굳게 다물려져 있었다.

"에이 독한 년, 내다 총살해!"

헌병대장 놈은 부득불 두 손을 들고 말았다.

순회는 손발에 쇠고랑을 차고 전신을 결박당한 채 헌병대 뒷산에 끌려갔다. 그가 고개를 들자 숱한 군중들이 모여 섰다.

순회는 그들 속에서 낯익은 얼굴들을 찾아보았다.

위험도 마다하고 유격대와 지하정치공작원들을 도와 나선 것도 그들이고 적들의 눈을 피하며 식량과 편지를 전해주고 적정을 알린 것도 그들이었다. 순회를 친자식처럼 아끼고 보호해준 것도 그들이었다.

순회의 시선이 군중 속을 훑고 있는데 총을 멘 놈들과 같이 리봉문 주구가 다가와 이제라도 늦지 않다며 투항을 설교하였다.

순회는 노호했다.

"이놈아, 아가리를 닥쳐라! 너 같은 개들은 죽는 게 무섭지만 나에게는 공청단원의 영예가 더 귀중하다. 백번을 죽여 봐라, 죽어도 너 같은 개가 될 수는 없다!"

그러면서 군중들에게 몸을 돌리었다.

"여러분! 우리에게는 위대한 당과 장성하는 항일유격대가 있습니다. 이 힘은 그 누구도 막지 못합니다. 왜놈들과 주구들을 몰살시키고 우리 조국이 해방될 날은 멀지 않습니다. 우리는 꼭 승리합니다. 여러분은 꼭 그날을 믿어야 합니다. 절대로 왜놈들에게 지지 말아야 합니다 …"

군중들은 웅성거리기 시작하였다. 경겁한 놈들은 여기저기서 날치었지만 소녀의 심장의 메아리를 막을 수 없었다.

"우리에게는 영용한 항일부대가 있습니다. 조국은 꼭 해방되고
야 말 것입니다 …"

당황해난 적들은 급기야 총을 쏘았다. 저주로운 총성이 골짜기
에 메아리쳤다.

리순희는 그때 겨우 18살밖에 안 되었다.

그는 이렇게 살았다

1932년 가을의 어느 날 투도구로 뻗은 큰길로 달구지 한 대가 움직여 가고 있었다. 한 60살 돼 보이는 노인이 달구지를 몰고 있었고 달구지에는 멋지게 차린 17~18살 되는 소녀가 제법 틀지게 앉아 있었다.

달구지가 놈들의 보초선에 이르러도 소녀는 달구지에서 내리지 않았다. 그 소녀의 태도가 도고한데다가 달구지 몰이꾼 역시 안면이 있는 사람이어서 보초군은 몇 마디 묻는 척 하고는 그들을 통과시켰다. 달구지에 앉은 소녀는 약수동 소선대원 허정숙이다. 그는 중요한 긴급과업을 수행하러 가는 중이었다.

어제 저녁이었다. 당 조직에서는 긴급임무를 수행할만한 적임자를 고르고 있었다. 이 긴급임무란 투도구에 가서 갓 재건된 평강구 항일유격대에 보낼 물품을 구입해 오는 것이었다. 항일유격대를 소멸하기 위하여 일본 놈들이 한창 천 한 쪼박, 쌀 한 알이라도 산으로 들여보내지 않으려고 눈에 쌍불을 켜고 날뛰는 판에 유격대에 보낼 물품을 구입한다는 것은 아주 위험한 일이었으며 어지간한 담략과 지혜로써는 해낼 수 없는 일이었다.

긴급임무가 있다는 소식을 들은 허정숙은 책임자를 찾아 자기가 이번 임무를 감당할 수 있다고 담차게 말하였다. 하지만 이번

임무는 목숨을 걸고 해야 하는 것이므로 책임자는 선뜻이 대답하지 못하였다.

"동무는 어떤 방법으로 물건을 내오려고 하오?"

책임자가 묻자 정숙이는 자기가 생각던 바를 쭉 이야기하였다. 책임자는 연신 "좋소, 좋소!"하며 머리를 끄떡이었다.

이리하여 정숙이는 오늘 아침 일찍 지하당원인 정태준 노인과 함께 길을 것이다. 정태준 노인은 경험 있는 혁명가로서 투도구를 자주 드나들었다.

적의 보초선을 무사히 통과한 그들은 한 가겟방 앞에 이르렀다. 정숙이는 달구지에서 내려 기민하게 사위를 휘둘러 보고나서 태연하게 가겟방 안으로 들어갔다. 정 노인은 담배를 붙여 물고 망을 보았다.

환하게 차린 아씨가 가겟방에 들어서는 것을 본 주인은 얼굴에 간사한 웃음을 띠우고 물었다.

"에 — 아가씨는 뭘 사시려는지요?"

"국방색 천, 흰 종이, 그리고 지까다비도 사겠어요."

"저, 이런 물품을 팔지 말라는 금지령이 있는데, 아씨는 …"

가겟방 주인은 의심스럽다는 듯이 정숙이를 아래위로 깐깐히 훑어보며 물었다.

"아, 알만해요. 유격대에 보낼까 봐 겁나 그러시죠? 자 보세요."

정숙이는 들가방에서 편지 한 통을 꺼내어 가겟방 주인 앞에 내밀었다. 가겟방 주인은 의아해하며 편지를 받았다. 편지는 자위단에서 천, 종이, 신 등이 급히 수요 되어 딸을 보내니 요구하는 물품을 다 보내달라는 세린하 자위단 단장의 서한이고 아래에는 제법 도장까지 그럴듯하게 찍혀 있었다.

"그럼 아씨가 단장 어른의 따님이겠구먼. 이거 실례 했수다."

가겟방 주인은 얼굴에 웃음을 띠우고 허리를 연신 굽실거렸다. 가겟방 주인은 돌아치며 허정숙이 요구하는 대로 물건을 내놓았고 달구지에 실어주기까지 하였다.

물건을 다 싣고 떠날 무렵 정숙이는 가겟방 주인을 보고 말했다.

"돈은 우리 오빠가 와서 치를 거예요."

그러지 않아도 물건만 가지고 돈을 내놓지 않을까 봐 속을 끙끙 앓으면서도 감히 묻지 못하던 가겟방 주인은 "그렇게 합죠, 그렇게 합죠."하면서 잘 가라고 허리를 굽혀 인사까지 하였다.

허정숙과 정 노인은 천 두 필, 흰 종이 5백 장, 등사원지 몇 통, 헝겊신 40여 켤레를 달구지에 싣고 귀로에 올랐다.

허정숙은 그의 오빠와 아는 사이인 동무의 아버지가 세린하 자위단 단장이라는 것을 이용하여 이처럼 지혜롭게 유격대에 보낼 물품을 구입하였던 것이다.

허정숙은 약수동 태생이다. 일찍이 부모를 여의다 보니 소학교 3학년까지 밖에 다니지 못하였다. 그는 마을의 소년선봉대 대원으로 된 뒤 보초, 통신연락, 표어 붙이기 등 임무수행에서 앞장섰다.

추수투쟁 때의 일이다. 어느 날 소선대원들과 함께 마을 안팎을 순라하던 정숙이는 밭곡식을 실어가는 한 지주를 보았다.

"서라!"

정숙이는 벼락같이 소리를 지르며 달구지를 멈춰 세웠다.

"너희 놈들은 우리들에게 종자도 대주지 않고 우리가 애써 지어 놓은 곡식을 가을도 끝내기 전부터 빼앗을 작정인가? 이것은 우리들의 곡식이다."

정숙이는 지주를 한바탕 훈계하였다. 그리곤 소선대원들과 함께 곡식을 소작인들의 집에 날라 갔다.

이같이 정숙이는 대바르고 용감했다. 그만큼 남자소선대원들에게 뒤지지 않았다.

1932년 봄 이후 정숙이는 원삼송 등 몇몇 소선대원들과 함께 약수동 부근에 있는 김하촌 지주집을 습격하여 총을 빼앗아냈다. 주변의 지주 류가 집에 총이 있다는 것을 탐지해 낸 그는 약수동 적위대에 알리고 무기탈취를 도와 나섰다. 어느 날 허정숙은 박호철, 원삼송, 전춘복, 리종화 등 소선대원들과 더불어 마을의 적위대와 손잡고 약수동에서 5킬로미터 가량 떨어진 반가 지팡의 지주집을 습격하여 엽총을 비롯한 10여 자루의 무기를 탈취하였다. 1932년 가을, 박호철 등 약수동 소선대원 다섯이 팔가자에 나가 지주집 무기를 탈취할 때 정숙이는 투도구에서 이도구로 통하는 적의 전화선을 끊어 놓음으로써 동무들의 안전을 담보해 나섰다.

이해(1932년)에 허정숙은 공청단원으로 자라났다. 조직에서는 부모를 일찍 여의고 원수에 대한 치솟는 적개심으로 가슴을 태우며 산이라도 밀고나갈 억센 혁명의지를 가진 그를 당 구위 통신원으로 배치하였다. 그리하여 장인강, 어랑촌을 망라한 온 평강구는 물론 삼도구, 개산툰구, 달라자구가 모두 그의 활동무대로 되었다.

어느 날 구위를 따라 어랑촌 항일유격 근거지로 들어간 허정숙이 산속에서 인질로 붙잡아 둔 놈들을 감시할 때였다.

갑자기 한 무리의 적들이 몰려들었다. 순간적으로 벌어진 사태에 직면하였지만 정숙이는 당황해하지 않고 인차 같이 보초를 서던 여성 동무의 권총을 받아 쥐고 그의 등 뒤에 몸을 숨겼다. 그 동무는 일부러 부실한 체하면서 달아나지 않았다. 눈앞에 적수공권인 나젊은 여인밖에 없다고 여긴 놈들은 득의양양해서 다가들었다.

놈들이 가까이 왔을 때 정숙의 앞에 선 여성 동무가 그 자리에 엎드렸다. 찰나 정숙의 두 손이 번쩍 들리더니 총알이 원수들에게로 날아갔다. 한손에 권총 하나씩 쥔 그는 놈들에게 숨 돌릴 틈도 주지 않고 복수의 명중탄을 안겼다. 시름 놓고 달려들던 적 한 무리가 잠간 사이에 녹아났다. 평소에 익혀오던 사격술이 그 위력을 남김없이 과시하였다.

1933년 음력 2월 21일, 통신임무를 수행하러 개구에 갔다 온 허정숙은 장인강 쟈피거우 부근에 있는 둔덕 집으로 갔다. 때마침 평강구위서기 김병수와 여러 간부들이 이 집에 모여 있었다. 정숙이는 임무수행 정황을 회보하고 나자 피로가 온몸을 엄습하여 견딜 수 없었다. 하루 동안 긴장이 사업한 다른 간부들도 피곤하여 하나 둘 단잠에 들었다.

어느새 어둠이 소리 없이 깃을 펴기 시작했다. 그 무렵 우리 동지들이 이곳에 있다는 것을 냄새 맡은 투도구의 무장자위단 놈들이 쓸어왔다. 동지들이 적의 고함 소리를 듣고 깨어났을 때는 이미 놈들에게 포위된 뒤였다. 하지만 동지들은 결사적으로 포위를 헤치기 시작하였다. 문마다에 붙어 섰던 자위단 놈들이 군도를 휘두르고 총질을 하자 동지들이 하나 둘 피못에 넘어졌다. 정숙이도 문으로 빠져나오다가 그만 칼에 목을 찍히었다.

피비린 만행을 감행한 살인귀들은 땅에 쓰러진 혁명자들을 마당에 끌어다 던지고는 공산당을 몰살하였다고 날치면서 가버렸다.

한밤중이 되었다. 하늘에는 뭇별이 총총했고 사위는 괴괴한 정적 속에 잠겼다. 갑자기 '시체' 하나가 움직이기 시작했다. 현 반제동맹의 한 책임자인 고도가 사경에서 소생하였던 것이다. 그는 원수의 칼에 목이 찍히었다는 것을 의식하자 손에 지우는 수건으로 상처를 동이었다. 간신히 일어나 앉은 그는 동지들을 하나하나 흔들어 보았다. 그러다가 온기가 있는 주검 하나를 발견하였다. 급기야 살펴보니 평강구당위통신원 허정숙이었다.

"정숙이, 정숙이 정신을 차리오."

고도는 정숙이를 흔들며 애타게 불렀다. 혼미상태에 빠졌던 정숙이가 가까스로 눈을 떴다. 고도는 수건을 얻어 가지고 정숙의 상처를 싸매 주고는 그를 부축해 앉히고 정숙이 귓가에 대고 나직이 말했다.

"빨리 이 자리를 떠나야겠소."

"전 아무래도 안 될 것 같아요."

"놈들이 가만 있지 않을 테니 이대로 죽기를 기다릴 수 없소."

정숙이보다 덜 상한 그는 정숙이를 들쳐 업고 맹산촌 곬을 따라 걸음을 재우쳤다. 상처를 입은 동지에게 업힌 정숙 동무는 가슴이 쓰려났다.

"전 아무래도 살 것 같지 못해요. 저 때문에 동무까지 욕을 보겠어요. 빨리 놓아줘요."

간신히 5리 남짓이 갔을 때 작은 마을이 보였다. 가까이 가보니 텅 빈 마을은 휑뎅그렁하기 그지없었다. 그들은 요행 의지가지없이 근근득식으로 살아가는 늙은 내외를 만났다. 기진맥진한 현의 간부는 정숙이를 노인네 집 뒷방 천정에 올려다 눕히고는 인차 동지들을 찾아 떠났다.

날이 희붐히 밝아왔다. 갑자기 발자국 소리가 어지럽게 들려왔고 뒤이어 문을 차는 소리가 났다. 자위단 놈들이 쫓아왔다.

뒤늦게야 두 주검이 없어진 것을 발견한 놈들은 날샐 녘까지

법석 끓으며 주위를 수색하였다. 날이 밝아오자 눈 위에 난 발자취와 피자욱을 발견하였다. 발자취는 한 방향으로 뻗어나갔었다. 이리하여 자위단 놈들은 곧추 이 집으로 왔던 것이다.

놈들은 집에 들어서자마자 늙은 내외를 보고 눈을 부라리며 '빨갱이'를 내놓으라고 을러멨다. 늙은 내외가 외면하자 놈들은 집 안팎을 샅샅이 뒤지기 시작하였다. 이때 한 놈이 뒷방 벽에서 피 흔적을 보았다. 놈들은 파리 떼 마냥 뒷방으로 몰려들었다.

천정 위에 누운 정숙이는 몽롱한 의식 속에서도 놈들이 날창으로 천정을 쿡쿡 찌르고 있다는 것을 감촉하였다. 그는 자위할 양으로 주위를 손 더듬질하였으나 손에 닿은 것이란 자기에게 덮여 있는 마대 조각뿐이었다.

"야, 천정에 올라가 보란 말이야!"

한 놈이 고함쳤다.

이윽고 천정 위로 한 자위단 놈의 상판대기가 불쑥 올라왔다. 정숙이는 있는 힘을 다하여 마대 조각을 그놈의 상판대기에 던지며 "개자식, 받아라!"하고 외쳤다. 그러지 않아도 숨이 한줌만 해서 천정에 매달렸던 놈은 기겁한 소리를 지르며 방바닥에 떨어져 뒹굴었다.

정숙이는 끝내 붙잡혔다. 놈들은 그를 마당에 끌어내고 같이 온 사람의 행방을 대라고 강요하였다.

"빨리 말해, 그놈은 어디로 갔는가 말이야."

"모른다!"

정숙이는 징그러운 놈의 상판이 보기 싫어 외면하고 말했다.

"말하지 않으면 죽여 버릴 테다."

놈은 악에 치받쳐 상판을 푸들거렸다.

"어쩔 테냐, 그가 어디로 갔느냐?"

"모른다!"

정숙이는 눈 한번 깜박하지 않고 말했다.

놈들은 정숙이의 혁명절개를 꺾지 못하게 되자 야수의 본성을 드러냈다. 놈들은 머리도 바로 움직이지 못하는 정숙이를 몽둥이로 내리치고 구둣발로 차고 총창으로 찌르면서 미친개처럼 날뛰었다.

정숙의 입에서 아무것도 얻어내지 못한 놈들은 정숙이를 집안에 처넣고 불을 질렀다. 불길은 삽시에 초가집을 삼켰다.

소녀항일영웅 허정숙은 18살 꽃나이에 이렇게 장렬히 최후를 마쳤다.

굴강한 소년

1931년의 가을과 겨울에 연변 각지에서 소작료와 리자 인하를 내용으로 한 추수투쟁의 불길이 세차게 타올랐다. 근근득식으로 목숨을 부지하던 화룡현 월청 일대의 수백수천 명 군중들은 지하당의 지도 밑에 삼동의 화성학교 운동장에 모여 대회를 가진 뒤 여러 마을을 돌며 당지 지주집 양식창고를 헤치고 양식을 소작농들에게 나누어주었다. 이해 16살에 난 소선대 중대장 황금송은 중대산하의 곡구미, 걸만동, 마패 등 3개 소대의 소선대원들을 이끌고 이 투쟁에 뛰어들었다.

이어 월청 일대의 군중들은 삼동포로 올라가 개산툰 일대에서 몰려온 수천 명의 군중들과 합류하였다. 군중들이 이와 같이 떨쳐나서자 황금송은 부쩍 사기가 올랐다. 그는 자기 소속중대의 소선대원들을 이끌고 구호를 높이 부르면서 군중들의 투쟁열의를 북돋아 주었다.

"우리가 지은 곡식은 우리가 먹어야 한다!"

"소작인은 단결하여 일떠나라!"

"일본제국주의를 타도하자!"

"악질지주를 타도하자!"

수천 명 군중의 외침 소리는 하늘땅을 뒤흔들었다. 질겁한 지

주들은 간담이 서늘하여 얼굴조차 내밀지 못하였다. 공안분주소의
놈들도 거세찬 추수투쟁의 물결을 막아낼 수가 없었다.

이튿날 새벽에 수천 명을 헤아리는 군중대오는 월청으로 호호
탕탕하게 떠났다. 평소에 감때사납고 포악한 놈들이 주눅이 잔뜩
들어 쩔쩔매는 꼴을 본 황금송은 꿀이라도 마신듯 달콤해났다.

성수가 난 금송이는 시위 대오와 함께 『소작투쟁가』를 높이 불
렀다.

> 높이 솟은 곳 백두산에 근원을 두고서
> 웅장한 물결 소리치며 흘러내리는
> 두만강 왼편 언덕 만주벌판에
> 헐벗은 우리 소작농민 이곳에 모였네…

어느덧 장사진을 이룬 대오는 창신굽이의 벼랑바위 아래의 두
만강 위에 이르렀다.

이때였다. 당지 공안분주소 놈들이 조선의 남양, 종성, 상삼봉
등지의 경찰 놈들과 함께 시위 대오에 덮쳐들어 시위 골간들을
체포하려고 잡도리를 하였다. 군중들은 인차 따발진을 치고 골간
들과 노인, 여성들을 둘러쌌다. 적위대, 소선대원들이 제일 앞에
나섰는데 황금송은 그들과 함께 어깨를 곁이고 견고한 방선을 이
루었다. 놈들은 헛총질을 하면서 시위 대오를 해산하라고 고아댔
으나 두만강 얼음 위에 선 군중들은 한사코 물러서지 않았다.

나중에 놈들이 저들 기마병을 군중 속에 몰아넣자 일장 격투가
벌어졌다. 소선대 화룡현위 주요 책임자 박파의 지시하에 황금송은
소선대원들과 같이 기민하게 말고삐를 채서는 놈들을 말에서 떨어

뜨렸다. 여성들은 코신을 벗어 놈들의 상판대기를 냅다 갈겼다. 허나 따발진이 헝클어지면서 선후로 30여 명 동지들이 결박당했다. 앞장서 격투를 벌리던 황금송도 놈들에게 결박당했다. 군중들이 한결같이 일떠나 싸운 끝에 20여 명은 구출되었으나 황금송 등 10여 명은 끝내 두만강대안의 조선 국경 감시막에 끌려갔다. 원근에 악명이 높은 남양평 경찰분서의 왜놈서장 오사까하라가 흰 장갑을 벗어놓고 끌려온 사람들을 패기 시작하였다. 황금송의 앞에 선 이놈은 "쬐고만 새끼!"하고 욕을 퍼부으면서 연거푸 볼기를 쳐댔다. 입술을 가로문 황금송은 필경 애티가 함함한 16살의 소년이었다. 그리하여 이튿날 아침 놈들은 한바탕 훈계 끝에 금송이를 내놓았다.

가난한 집의 자식이 다 그러하듯이 황금송의 동년시절도 눈물과 한숨으로 얼룩졌다. 열 살쯤 될 때 부모를 따라 고향인 국자가(연길) 부근의 하동촌을 떠나 화룡현 월청사 곡구미(오늘의 도문시 월청향 기신 6대)로 이주했으나 가난만이 파고드는 곤궁한 살림은 내리막재주만 피웠다. 어머니가 억척스레 소금 장사를 한 덕에 금송이는 그럭저럭 6년제 창신학교를 다닐 수 있었다. 그는 이 학교에서 초기 조선인 공산주의자들의 영향을 받으며 아동단에 가입하고 소선대에 가입하였으며 혁명의 길에 올랐다. 황금송은 교내 '독서회', '광진친목회' 등 비밀단체의 주요 책임자로 되었다. 그는 연예대를 이끌고 삼동, 걸만, 마패, 회막동(도문) 등지를 다니며 온돌에서 자체로 창작한 연극을 공연하면서 반일선동 사업을 끈질기게 벌리었다.

당년 학교의 소선대 조직에서는 초기 조선인 공산주의자들의 지도 밑에 반일선전을 목적으로 강연회를 자주 열었다. 그때의 강연 원고는 보통 어른들이 써주었으나 워낙 배우기를 즐기고 언변이 좋은 금송이는 번마다 자기로 썼다. 가을의 강연회 때였다. 금송이는 종주먹을 부르쥐고 강연대에 올랐다. 그는 무산자의 고초를 실레로 들면서 열변을 토했다. "우리 부모들의 고향은 아름다운 삼천리 조선강토입니다. 일제의 핍박에 못 이겨 만주로 들어왔는데 간악무도한 원수들은 우리 강토를 삼키고도 성차지 않아 계속하여 만주로 침략의 마수를 뻗히려하고 있습니다. 일제와 봉건통치배들과 싸우지 않으면 살길이 없습니다. 자유와 행복을 찾기 위해선 우리 소년들도 일떠나야 합니다!"

회장은 물 뿌린 듯 조용하였다. 조리가 선 그의 생동한 강연은 청중들의 심금을 울려주었다.

1931년 3월, 금송이는 소학교를 마치고 마을에서 소선대 중대장 직을 맡았다. 그의 중대는 곡구미, 걸만동, 마패 등 마을에 소대부를 두었다. 그는 산과 령을 넘나들면서 소선대원들을 이끌고 보초, 통신, 정탐, 무기탈취 등을 망라한 혁명 활동을 힘차게 벌리었다. 때론 삐라와 표어를 감쪽같이 중국 육군대 병영이나 공안국, 경찰분주소 안에 살포하거나 붙여놓아 놈들을 밤낮 불안에 떨게 하였다.

황금송은 이러한 경력의 소선대 중대장이었다. 종성에서 풀려나온 금송이는 또 다시 소선대원들을 이끌어 일제를 타격하는 간고한 투쟁에 뛰어들었다. 1931년말 이후 그가 다녀 간 곳이면 개산툰 소선대 조직의 '호소문'이 나타났다. "무산자 소년들이여! 살해된 동지들의 원수를 갚고 인민의 자유와 행복을 위해 놈들의 손에서 무기를 탈취하자! 그리고 호미, 식칼, 낫, 곡괭이 지어 성축까지도 팔아 무기를 장만하자! 무장은 우리의 생명이다!"

이듬해 군중적 춘황투쟁이 재차 연변 땅을 휩쓸었다. 소선대원들을 거느리고 이 투쟁에 참가한 금송이는 어느 날 월청 일대의 창신동, 삼동, 석건평 등지의 수백 명 군중들과 함께 또 다시 삼동의 화성학교 운동장에 집결하여 지주 놈들을 혼살 냈다. 황금송과 그의 중대 소선대원들은 대회장의 경계임무를 맡았다. 지주집 양식 창고문을 열어젖히고 양식을 가난한 농민들에게 나누어 줄 때도 소선대원들이 앞장에 섰다.

뒤를 이어 주구청산 투쟁의 불길이 세차게 퍼졌다. 수백 명 군중과 적위대, 소선대는 지주집 창고를 헤치던 그 기세로 걸만동 치기의 한 지주집에서 밥을 해 먹으면서 투쟁의 불길을 계속 지피었다. 이때 걸만동 등지의 놈들이 갑자기 달려들었다. 황금송은 수십 명의 군중들과 함께 걸만동에 붙들려 갔다. 놈들은 호된 매를 안기고 나서는 체포한 사람들을 그날로 내놓았다. 풀려나온 황금송은 맥을 버리지 않고 계속 당 조직의 지도 밑에 소선대원들을 이끌고 각지를 다니면서 일제의 악질 주구들을 청산하는 투쟁을 벌였다. 어느 날 황금송은 대낮에 단신으로 한 마을의 주구집을 습격하여 악질 주구 놈을 감쪽같이 처단해 버렸다.

1932년 4월부터 일제는 대량의 병력을 풀어 지하당조직과 혁명조직들을 파괴하였으며 혁명자들을 마구 살해하기 시작하였다. 혁명 활동에 종사한 자기의 신분이 드러난 황금송은 어느 날 마을에서 불행히 놈들에게 체포되었다. 놈들은 그를 시건리(오늘의 석건평) 분서로 끌고 간 뒤 갖은 혹형을 다 했다. 하지만 티끌만한 단서도 쥐지 못한 놈들은 금송이와 다른 4명의 동지를 결박하여 시건리 부근의 한 골짜기로 들어갔다.

최후의 시각이 닥쳐왔다. 도중에 금송은 "일제를 타도하자!" "중국공산당 만세!"를 끊임없이 불렀다.

놈들은 금송의 앞에서 먼저 4명을 무참히 살해하여 위협하였으나 끝끝내 금송이의 혁명지조를 꺾을 수 없었다.

"그냥 고집할 테냐? 끝까지 고집하다간 너도 저런 끝장이다."

놈들은 목에 핏대를 세우면서 독살을 피웠다.

금송이는 "죽는 것을 겁냈다면 아예 혁명 활동에 참가하지도 않았을 것이다!"라고 떳떳하게 말하면서 놈들을 쏘아 보았다.

혁명을 위하여 자기의 나어린 생명을 바칠 때가 왔다고 느낀 금송이는 평생의 힘을 다하여 외치었다.

"일본제국주의를 타도하자!"

"중국공산당 만세!"

야수 같은 놈들은 급급히 날창으로 나어린 금송이를 찌르고 또 찔렀다.

이 소식이 월청 일대의 각 마을들에 전해지자 비통해 하지 않는 사람이 없었다. 사람들은 저마다 "참으로 굴강한 소년이 쓰러졌구나!"고 하면서 눈물을 금치 못하였다. 그가 소속된 중대의 소선대원들은 비통을 힘으로 바꾸어 새로운 투쟁에 나섰다.

득봉 중대장

김득봉 소년은 1916년에 화룡현 약수동의 한 가난한 농가에서 태어났다. 구차한 살림은 애어린 그를 빨리 철들게 하였다. 사립약수학교를 다니던 그 시절에 그는 벌써 복잡한 세상일에 대해 깊이 분석하기 시작하였으며 현실사회에 대한 불만이 날로 커갔다.

1920년대 중기부터 약수동에 혁명의 불길이 타오르기 시작하였다. 득봉이는 선참으로 소선대에 가입하였으며 혁명 활동에 종사한 학교선생님들과 마을의 형닙들을 몹시 따랐다.

1928년 5월 1일, 사립약수학교와 사립협동학교(룡문소학교 전신)의 교원과 학생 100여 명이 약수동에서 '5·1국제노동절'기념 학생 시위를 가지였다. 흥분된 득봉 소년은 구호를 높이 부르며 대열의 앞장에 섰다. 시위 대오는 끊임없이 구호를 불렀다.

"일본제국주의를 몰아내자!"

"토호열신을 타도하자!"

학생들의 반일열조는 크게 높아졌다. 그 번 시위에서 득봉 소년은 자기의 의지를 단련하였으며 혁명의 길에서 발자국을 힘 있게 내디디었다.

이듬해 11월, 조선의 광주학생운동을 지지, 성원하는 동만 반일 학생 시위 투쟁이 거세차게 일어났다. 약수학교의 학생들은 사립룡평학교, 투도구사립신흥학교의 학생들과 함께 투도구에 집결하여 "일본제국주의는 물러가라!"는 구호를 높이 외치면서 반일학생 시위 투쟁의 서막을 열어 놓았다.

뒤를 이어 약수동의 100여 명 군중들이 학생 시위를 지지하여 나서고 장인강, 아동, 세린하 등지의 학생, 청년들도 투도구에 밀려들었다. 당황망조한 투도구 일제영사분관의 놈들이 경찰을 풀어 사납게 달려들자 득봉 소년은 앞뒤를 뛰어다니면서 골간들을 빼돌리고 흩어진 대오를 수습하였다.

1930년 4월 하순, 중공 동만 특별 지부에서는 '5월투쟁행동위원회'를 조직하고 조건이 갖춰진 지방들에서 소비에트정권을 수립할 것을 호소하였다. 5월 27일, 약수동과 그 일대군중들은 약수동 상촌에서 성대한 집회를 가지고 약수동 소비에트정부의 설립을 선고하였다. 수백 명 군중들이 구호를 외치며 성세 호대한 시위행진을 단행하였다.

시위는 3일간 계속되었다. 천지개벽의 나날에 약수학교 어린이들도 붉은 넥타이를 매고 나섰다. 득봉 소년은 소선대원들을 거느리고 대회의 경계임무를 감당하면서 낮과 밤이 따로 없이 바삐 보냈다. 며칠 후 약수동 농민 적위대를 골간으로 한 수십 명 습격조가 투도구 5·30폭동에 참가하였을 때 득봉 소년은 또 소년들을 지휘하여 마을 안팎을 굳건히 지켜 섰다. 하여 그는 약수동 소비에트정부의 표양을 받았다.

6월 10일, 중공 약수동 지부가 정식으로 조직되었다. 농민협회, 반제동맹, 부녀회, 공청단, 소선대 등 군중조직이 선후로 건립되었다. 이해 학교를 마친 득봉 소년은 마을의 소선대 중대장책임을 지니고 소선대의 여러 가지 활동을 빈틈없이 해나 갔다. 신풍동, 장인강, 십리평, 양무전자 등 비교적 먼 곳의 통신임무는 그가 직접 맡아 나섰다.

이런 가운데서 득봉 소년은 보초나 통신연락을 실수 없이 하자면 투쟁예술을 강구해야 한다는 것을 깊이 느끼었다. 여름철에 그는 호미자루 속에 구멍을 파고 비밀쪽지를 넣어가지고 다니지 않으면 꼴단 속에 삐라를 넣어가지고 다니거나 밧줄을 풀어서 쪽지를 넣은 다음 다시 꽈서 허리에 동이었다.

망을 보고 통신연락을 하는 것이 소선대의 주요과업이었다. 과업을 수행하는 가운데서 득봉 소년의 머리는 잘도 돌았다. 망을 보다가 긴급정황이 있을 때면 가까운데 서는 줄을 늘여서 줄을 당기여 회의군중들에게 알리는 방법, 네댓이 줄 보초를 서서 돌을 마주쳐서 알리는 방법 등을 썼고 먼데서는 나무를 번지거나 수기를 흔드는 등 방법을 썼다. 밤이면 흔히 손전지를 비추거나 불을 피우는 등 방법을 썼다. 여하간 방법도 많았다. 한데서 그와 소선대원들은 한번도 실수를 빚어내지 않았다.

1930년 9월 7일, 약수동 상촌에서 평강구 소비에트정부의 건립을 위한 회의가 열리였다. 회의가 끝나면 경축대회를 소집할 예정이었다. 하여 중촌엔 수백 명 군중과 소선대원들이 모여들었다.

이날 적위대는 대회의 경계를 담당하고 소선대 골간들이 마을 보초와 등산보초를 섰다. 이 무렵에 투도구 주둔 동북군벌군대가 밀려들었다. 득봉이는 인차 수기를 흔들었다. 줄 보초를 서고 있던 소선대원들이 연달아 수기를 흔들었다.

급보는 문전보초를 통해 잠간 새에 회의장소에까지 전해졌다. 당 조직에서는 인차 회의를 중지하고 중촌에 모인 군중들과 소선대원들을 급히 피신시켰다.

득봉 소년의 역할은 이에 그치지 않았다. 9·18사변 후 약수동 소선대에서는 적위대와 손잡고 무기탈취 투쟁을 폭넓게 벌렸는데 소선대의 구체 조직자는 득봉 소년이었다.

1932년의 어느 날, 소선대 골간과 적위대로 이루어진 11명 습격조가 약 10리 떨어진 반개 지팡에 가서 반지주의 10여 자루의 총을 빼앗아 오는 희한한 일을 해냈다. 그때 득봉 소년은 후위대를 조직하여 밀접히 배합해 나섰다. 한번은 투도구에서 이도구로 통하는 전화선을 절단하여 적들을 쩔쩔 매게 하였다.

1932년 가을, 중공 약수동 지부에서는 상급의 지시에 좇아 소작료인하를 실시하기로 결정짓고 여러 군중단체를 내세워 우리가 지은 곡식은 우리가 먹어야 한다면서 선전고동사업을 앞세웠다. 헌데 순박한 농민인 득봉의 아버지는 규정보다 소작료를 더 바쳤다. 약수동 '반곡(返谷) 위원회' 주요 책임자 김순희 누나한테서 이 일을 알게 된 득봉 소년은 수수방관할 수 없었다. 그는 그 길로 달아가 더 바친 소작료를 찾아왔으며 아버지를 도리로 설득시켰다.

10월의 어느 날 점심 투도구에서 지주 서병원이 올라왔다. 득봉이는 이 소식을 순희 누나한테 전하였다. 순희 누나는 마름인 조학수네 집에 가서 독안에 숨은 서병원을 끄집어내고 혼쭐을 먹이었다.

득봉이는 통쾌하기 그지없었다. 그는 서병원 놈이 얼마나 미워났는지 모른다. 아버지, 어머니는 이놈한테 눌리어 기를 펴지 못하고 살아왔었다. 그러던 놈이 오늘은 기가 푹 꺾이어 진땀을 빼니 속이 흐뭇해났다. 득봉이는 소선대원들과 함께 지주 놈을 마을 밖으로 내쫓았다. 이해 득봉이는 열일곱 살이었다.

항일의 불길이 약수동에서 세차게 타올랐다. 투도구 일제영사관 경찰서에서는 약수동을 눈에든 가시처럼 여기고 저들 수비대의 배합 밑에 1932년 겨울 한 달도 안 되는 사이에 약수동을 세 차례나 토벌하였다. 음력 10월 하순의 제1차 토벌이 있은 후 소선대에서는 당 조직의 지시를 받고 밤낮 보초를 강화하였다.

음력 11월 3일 밤중 득봉 소년이 마을 안팎 보초를 돌아보다가 불시로 배가 몹시 아파났다. 동무들에게 떠밀리어 집에 들어섰던 그는 구들에서 뱅뱅 돌아쳤다. 그런데 바깥일이 근심되어 도무지 집에 눌러있을 수 없었다. 한 20분 후에 그는 아픔을 참으면서 다시 밖으로 나갔다.

어느덧 새날을 잡았다. 득봉이는 당금 쓰러질 것만 같았다. 그가 다시 집에 들어서자 동생 승룡이가 이불 속에 자기를 끌어당기었다. 그때까지도 동생은 자지 않고 있었던 것이다.

약 한 시간이 지나자 동이 트기 시작하였다. 이때 소변보러 나갔던 승룡이 황황해서 구들에 올라섰다.

"형, 형님, 조개산에 노랗게, 노랗게 올랐소!"

"어엉?"

득봉 소년은 와닥닥 일어나 밖으로 내달았다.

적들이 옳았다. 그는 "적이다!"하고 소리치면서 상촌의 큰집(현 위 판공실을 가리킴.)에 급보를 띄웠다.

"적이 왔다! 적이 왔다!"

약수동 상촌, 중촌, 하촌이 소스라쳐 깨어났다.

때는 음력 11월 4일 이른 아침이었다. 근 200명이나 되는 일제 수비대와 경찰 놈들이 어둠을 타서 북쪽 세린하 방향으로 에돌아 기어든 데서 마을에서 몇 리 떨어진 동쪽의 첫 보초선에서 미처 발견하지 못했다.

득봉 소년이 분주히 뛰어다니며 사람들을 피신 길에 올릴 때 김순회가 득봉이 소식을 몰라 그의 집을 찾았다. 득봉이가 집을 떠난 지 이슥하다는 말을 듣자 순회는 시름 놓고 돌아섰다. 그는 당금 해산할 몸이면서도 득봉이를 걱정하였다.

어느새 놈들이 마을에 들어섰다. 마을은 휘딱 뒤집혀졌다. 득봉이 아버지는 아들이 근심되어 밖으로 나갔다. 어머니는 득봉의 어린 동생을 업은 채로 놈들에게 끌려가 밥을 짓게 되었다. 어머니는 득봉이가 말을 탄 놈들에게 붙잡혔다는 기막힌 소식을 들었다.

"득봉이 잡히다니?"

득봉이 어머니는 허겁지겁 아들한테로 달아갔다.

득봉 소년은 정태준 노인(공산당원)의 집 마당에 끌려갔다. 그는 아픈 배를 붙안고 뛰어다니며 사람들을 이르다나니 미처 빠지지 못했던 것이다. 그는 자기가 약수동의 안전을 책임진 소선대 보초라는 것을 잊을 수 없었다.

놈들은 득봉이를 가운데 넣고 때리며 야단이었다. 온몸이 피투성이였다. 허나 그도 만만치 않았다. 그는 힘자라는 대로 놈들에게 발길질을 해댔다.

이럴 때 득봉의 어머니 정명화가 그 자리에 나타났다. 그는 놈들이 막건 말건 한사코 아들에게로 다가갔다.

득봉이는 펄쩍 놀랐다.

"어머니, 들어오지 마세요. 여기에 들어서면 어머니와 동생도 벗어나지 못해요."

득봉 소년은 막다른 자기 처지를 불구하고 어머니와 갓 난 제 동생을 걱정하였다.

놈들은 득봉이를 정태준 노인의 집에 처넣었다. 이날 정태준 노인의 집안에 득봉이 외에도 정태준, 김순희 등 7명 동지들이 잡혀 들어갔다. 놈들은 정태준 노인네 마당에서 만삭이 된 공산당원 김순희에게 고춧물을 입안에 쏟아 넣는 등 갖은 악행을 다 하였다. 나중에 순희가 혀를 깨물어 끊자 야수 같은 놈들은 집안에 처넣었다.

최후의 순간이 닥쳐왔다. 김득봉은 동지들과 함께 주먹을 부르쥔 채 놈들을 쏘아보았다. 놈들이 기관총사격을 시작하였다.

"일본제국주의를 타도하자!"

"중국공산당 만세!"

집안에서는 비장한 구호 소리가 울려나왔다. 그 속에는 약수동 소선대 중대장 김득봉의 야무진 외침 소리도 섞이었다. 놈들은 한바탕 총을 쏜 뒤 또 돌아가며 추녀 밑에 불을 질렀다.

이에 앞서 놈들은 10여 세대 약수동 혁명자들 집에 불을 질렀는데 그 가운데는 김득봉 소년의 집도 들어 있었다.

북만 땅의 소년 기병대 대장

1933년 10월에 북만의 주하현 삼고류에서 주하 항일유격대가 조직되었다. 중공 주하중심현위에서는 조상지를 대장으로 임명하였다. 이듬해 6월에 주하 항일유격대는 500여 명으로 늘어나고 동북 반일유격대 합동지대로 개편되었다. 합동지대는 산하에 이목을 끄는 특수한 부대―소년중대를 두었는데 조선족 리근식이 중대장으로 되었다.

1934년 이해 리근식은 갓 18살이었다. 1916년에 조선 경상북도의 한 가난한 가정에서 태어난 리근식은 반일투쟁운동에 나선 아버지를 찾아 흑룡강성 빈현에 들어섰다가 이곳에서 입단하고 1932년에 공청단 특별 지부서기로 부임되었다. 1933년 6월에 리근식은 조선족 리계동 등과 함께 중공 주하중심현위의 파견을 받고 빈현 일대에서 활동하는 항일의용군 손조양 부대에 들어갔다. 이 의용군 부대에서 리근식은 참모장 조상지와 손을 잡게 되고 왕덕전 등 여러 항일 골간들과 함께 기관총 1정과 보총 11자루를 가지고 탈출하였다. 이것이 주하 항일유격대의 기본무장으로 되었었다.

소년중대가 조직된 후 리근식은 조상지의 지지로 20살 미만의 항일소년들을 많이 받아들여 전투력을 강화하는 한편 조상지 대장을 도와 도처에서 악질지주를 처단하며 민분을 풀어주었다.

1934년 음력설을 앞두고 리근식은 조상지의 파견을 받고 빈현 7구의 대지주이고 자위단 단장인 류림상의 집에 변복하고 들어가 류림상의 가정형편과 설날 행사를 정탐하였다.

음력설날 리근식은 소년중대를 이끌고 갑자기 류림상 앞에 나타났으며 이자와 그의 귀빈들을 체포하여 합동 지대에 넘기었다. 조상지는 우리 수요물자 제공을 조건부로 그자를 풀어주었는데 류림상은 과연 약속한 무기와 물자를 보내오고도 군마 14필을 더 보내주었다.

군마 14필은 의외의 수확이었다. 이 군마는 소년중대에 넘겨지고 리근식은 이 군마를 토대로 소년중대를 소년 기병대로 탈바꿈시켰다. 리근식은 소년중대 중대장으로부터 기병대 대장으로 되었고 소년 기병대를 지휘하여 상지, 빈현, 연수, 쌍성 일대에서 활동하면서 일제 놈들과 싸웠다.

1934년 여름 합동지대는 빈현의 삼차하에 주둔하고 있다가 주구의 밀고로 일제 놈들의 돌연습격을 받았다. 삼차하는 동원과 서원, 중원으로 나누었는데 적들은 어느 결에 동원과 서원을 점령하고 중원과 도원 사이의 포대를 점령하려고 서둘렀다. 적들과 남 먼저 맞다든 리금식은 전투의 주동권이 이 포대장악에 있다는 것을 보아내고 소년 기병들을 이끌어 날랜 동작으로 선참 포대를 차지하였다. 이어 소년 기병들의 집중사격에 적들은 수십 개의 시체를 던지고 퇴각하였으며 나머지 일본군과 위만군도 따라서 줄행랑을 놓았다. 삼차하 전투에서 리근식과 그의 소년 기병대는 명성을 크게 떨치었다.

1934년 겨울 합동지대의 100여 명 대오는 쌍성현 일대에서 신출귀몰하다가 우세한 일본군과 위만군의 연합 '토벌'에 들어 자못

위태한 처지에 빠졌다. 적들의 포위권은 점점 조여드는데 유격대는 탄알마저 얼마 남지 않았다.

유격대는 생사존망의 위급한 관두에 놓이었다. 이때 리근식이 조상지한테 기병 30명으로 포위를 돌파하겠다고 청원하였다. 처음에 조상지는 머리를 가로 젓다가 끝내는 동의하고야 말았다. 조상지는 이 조선인 젊은이를 굳게 믿었던 것이다.

이윽고 리근식의 명령이 떨어지자 30명 기마병은 쏜살 같이 적진을 뚫고 나갔다. 적탄이 비발 친데서 적지 않은 기병들이 쓰러졌다. 리근식은 끝내 10여 명 기병들과 함께 포위를 헤치고 유격대 본부에 연락하였다. 뒤미처 후원군이 달려왔고 적들은 앞뒤에서 얻어맞기만 하다가 패주하고 말았다. 리근식과 소년 기병대는 우리 유격대를 사지판에서 구해냈고 환성이 터져 올랐다.

이해 겨울의 어느 날 합동 지대의 400여 명은 조상지의 인솔 밑에 빈현의 3가 촌에 주둔하다가 또 800여 명 적들에게 포위되었다. 이날 유격대는 소년 기병대의 결사적 노력으로 포위돌파에 성공하였으나 소년중대 중대장이며 기병대 대장인 리근식은 가슴에 적탄을 맞고 쓰러졌다. 조상지는 너무도 비통한 나머지 뜨거운 눈물을 흘리었으며 시 한 수를 지어 자기의 가장 미더운 전우 리근식을 추모하였다.

그 후 소년 기병대는 리근식의 유지를 이어 받아 항일의 최전선에서 계속 싸워나 갔다.

꼬마항일영웅들

가열 처절한 동북항일무장 투쟁시기 항일부대에는 조선족 꼬마
영웅들이 적지 않았다. 그들 중 허다한 꼬마들은 후세에 이름도,
경력도 남기지 못하고 쓰러졌다.

1

1936년 겨울, 왕청과 훈춘 두 개 현의 항일유격대를 토대로 이
루어진 항일연군 2군 5사는 왕청, 녕안 등지에서 활동하고 있었
다. 때는 연변 각지에 일제의 '집단 부락' 정책이 실시된 시기여
서 항일부대는 산속으로 들어가지 않을 수 없었다.

그때 부대 내에는 14살가량 되는 한 조선족 꼬마가 있었다. 그
의 아버지(항일유격대 대원이었음)는 어느 한 차례 전투에서 희생
되었는데 그는 여전사인 어머니와 함께 5사 부대를 따라 활동하
고 있었다.

겨울철이라 기승치는 눈보라가 사정없이 얼굴을 때렸고 추위가
뼛속까지 스며들었다.

어느 날 밤 부대는 북만의 한 산속에서 숙영하게 되었다. 우등
불이 여기저기서 활활 타올랐다. 적들과의 조우전에서 며칠째 나

무껍질과 풀뿌리로 끼니를 에때우며 잠을 설친 부대전사들은 자리에 앉기가 바쁘게 코들을 드렁드렁 곯아댔다.

꼬마도 불무지 곁에서 잠에 곯아 떨어졌다. 이때 불에 타던 나무토막이 "탁!"하고 튀면서 노끈으로 질끈 동인 꼬마의 헌 솜옷에 불찌가 떨어졌다. 솜옷이 타들어갔으나 꼬마는 가랑가랑 코를 골며 세상모르고 있었다.

꼬마가 깨어났을 때는 온몸에 불이 달렸다. 헌데 불붙는 솜옷을 벗어던질 수가 없었다. 급기야 그는 옆의 동지들을 깨웠다.

때는 이미 늦었다. 옷을 벗기고 보니 꼬마는 벌써 온몸에 심한 화상을 입었다. 허지만 무슨 수가 있겠는가, 치료 조치도 댈 수 없었고 모두가 기력이 쇠잔해서 업을 수도 담가에 들 수도 없었다.

꼬마는 싸움터에 나서서 용맹하게 싸우긴 백 번도 글렀으며 자기가 부대의 부담이 되었다는 것을 절감하였다. 그래서 사정위 왕윤성을 붙들고 졸랐다.

"정위 동지, 총알을 안겨주십시오. 죽어도 통쾌히 죽게 말입니다. 제가 살아서 부대의 부담거리가 되어서야 말이 됩니까!?"

정위는 그의 말을 들어주지 않았다.

꼬마는 또 진한 장 사장한테 간청했다.

"사장 동지, 총을 쏘아요, 예? …"

사장도 들어줄 리 만무했다. 그도 그럴 것이 그는 부대의 아이이고 부대의 꼬마전사이자 열사의 아들인데 누가 모진 마음을 먹을 수 있단 말인가…

꼬마는 어머니에게 애원의 눈길을 던지었다. 그의 어머니도 사장과 정위 보고 아들의 뜻에 따를 것을 바랐다. 나중에 부대에서는 사람을 남겨 꼬마를 돌보기로 하였다.

꼬마는 괴로웠다. 꼬마는 눈물이 가랑가랑해서 말했다.

"저의 아버진 혁명에 몸을 바쳤지요. 혁명은 아직 끝나지 않았구요. 아저씨들은 살아서 일제를 몰아내야 합니다. 누구도 저를 돌볼 필요가 없어요. 저는 희망이 없는 사람이에요 …"

어머니는 아들의 심정을 알고도 남음이 있었다. 그는 부대에서 남긴 동지더러 대오를 따르게 하고 자기가 아들을 업고 걸었다. 헌데 그는 아들을 업고 발을 옮겨 디딜 맥조차 없었다.

할 수 없었다. 그는 아들의 견결한 청에 의해 아들을 눈 위에 내려놓았다. 그리곤 몇 걸음 걷다가 돌아섰다. 아들이 외면하고 있었다. 어머니는 가슴이 와그르 내려앉는 것만 같았다. 그는 손으로 얼굴을 싸쥐고 무거운 걸음을 떼었다.

이 시각 어머니 된 심정이 어떠했고 어머니와 영별하는 아들의 심정 또 어떠했으랴!

어머니는 걸으면서 생각했으리라, 이제 몇 시간만 지나면 아들은 얼어 죽거나 승냥이 밥이 된다고 …

아들은 속으로 말했으리라, 이 아들은 죽을지언정 부대에 영향을 끼칠 수 없어요. 어머니 부디 제 몫까지 잘 싸워주세요 …

2

1933년 봄과 겨울, 일본침략자가 우리 소왕청 근거지에 연속 대'토벌'을 들이댔다. 숱한 사람들이 원수의 총칼 아래 쓰러졌다. 겨울에 근거지는 끝내 함락되었다. 왕청현 유격대는 산속에 출몰하며 원수들을 족쳤다.

그 시기 열 살밖에 안 되는 한 여아동단원이 있었다. 그의 부모가 대'토벌'에서 희생되다 보니 소녀는 유격대의 보호를 받았다. 하나 소녀는 나이가 어린 통에 유격대를 따라 다닐 수 없었다. 유격대에서는 전투임무가 있을 때마다 소녀를 지방에 맡기었다. 하여 소녀는 유격대의 배치대로 이 마을에서 며칠, 저 마을에서 며칠씩 머무르게 되었다.

그러던 어느 날 소녀는 비밀이 폭로되어 일제토벌대에 붙잡혔다. 소녀의 앞엔 돈과 의복, 사탕 등이 수태 놓여졌다. 적들은 이쯤하면 소녀를 돌려세울 수 있으리라고 믿었다. 허나 철부지 소녀가 아니었다. 혁명대오 속에서 드팀없는 신념을 키우며 자란 소녀는 그 따위를 거들떠보지도 않았다.

적들의 갖은 위협적 수단과 혹형도 철문 같은 소녀의 입을 열지 못하였다. 소녀가 결연히 혀를 깨물어 끊자 서슬이 오른 일제 교형리들은 소녀를 무참히 살해하였다.

적들은 이해할 수 없었다. 공산당은 무슨 힘으로 애어린 소녀마저 이다지도 굴강하게 키웠는지 그자들은 머리만 가로 저을 뿐이었다.

3

1938년 9월, 녹도를 떠난 항일연군 제1로군 제2군 5사의 한 부대는 적들의 겹겹한 포위망을 헤치며 돈화에로의 원정을 시작하였다.

너비 100여 미터 되는 사하강이 부대의 전진을 가로막았다. 부근 농민들이 강 건너에 수백 명을 헤아리는 일제토벌대가 집결해 있다고 알려주었다.

이때 5사 사장 진한장은 여남은 살 되는 꼬마전사 5명을 불러 적정 정찰임무를 맡기었다. 꼬마전사들은 조장 리갑룡 소년의 인솔하에 인차 경박호 원시림 주둔지를 떠났다. 그들은 반나절이 걸려서야 사하강반에 이르렀다.

이들 5명은 모두가 왕청과 훈춘에서 입대한 조선족 꼬마들이다. 이들은 어려도 피어린 혈전의 길을 헤쳐 온 나어린 투사로 되기에 손색이 없었다. 하기에 진한장 사장은 중요한 정찰과업을 이들에게 주었었다.

이날따라 강물은 거센 파도를 일구며 꼬마정찰병들의 얼굴의 사정없이 때렸다. 가까스로 대안에 오르니 우거진 버드나무숲과 무성한 갈대밭이 그들의 앞에 펼쳐졌다. 네 꼬마전사가 옷을 �짜는 사이에 갑룡은 경각성 높이 주위를 살피었다.

홀연 갈밭 속에서 인기척과 함께 주절대는 소리가 들렸다.

"적정이다!"

그들은 나직이 소리치며 재빨리 강에 몸들을 던지었다. 적들은 인차 기관총을 쏘아댔다. 강기슭에 오를 때까지도 수십 명 적들이 총질을 그치지 않고 있었다.

5리쯤 내려와서 그들은 다시 강에 들어섰다. 강심에 이르렀을 때 건너편 버드나무 숲 속에서 총창이 번쩍였다.

또 발각된 모양이었다. 그들이 금방 물 속에 몸을 감추자 적탄이 연해연방 날아왔다.

총 소리가 뜸해지자 갑룡이는 물속으로부터 머리를 쳐들었다. 헌데 아무리 주위를 훑어보아도 네 전우가 보이지 않았다. 갑룡이는 힘이 지치었다. 거센 물살은 또 그를 아래로 떠밀었다. 그는 전신의 힘을 다해서야 강가의 나무를 붙잡을 수 있었다.

네 전우는 여전히 보이지 않았다. 그때에야 그는 자기 전우들이 적탄에 맞아 영영 물 속에 갈아 앉았다는 것을 깨달았다.

가슴이 미어지는 것만 같았다. 그는 속으로 자기 전우들을 부르고 또 불렀다. 중요한 정찰과업은 그의 한 몸에 떨어졌다.

갑룡이는 강에서 한생을 살아 온 칠순에 가까운 노인 어부와 그의 두 손자의 도움으로 액목현 소재지까지 들어갔으며 정찰과업을 승리적으로 수행할 수 있었다.

허나 동지들은 네 꼬마전사들의 영리한 모습을 다시는 볼 수 없었다. 시간의 흐름 속에서 후세 사람들은 그들의 고향이 어디며 나이는 얼마며 이름이 무엇인가를 모르고 있다. 인젠 그것이 영원한 비밀로 될 것 같다.

『소년아동 편』 [주요 참고문헌과 자료]

연변주당안관자료: 3059 『세린하의 소년열사들』

연변주당안관자료: 3062 『소선대 활동』 김창선 구술(1960. 5. 13.)

연변주당안관자료: 3029 『특위아동유희대』 리만섭 구술(1964. 7. 2.)

연변주당안관자료: 1001 『소선대 선언, 강령, 규약』

연변주당안관자료: 3059 『아동단 활동과 조직계통』(김순옥 구술)

연변주당안관자료: 3065 『통신공작방법』 김봉순 구술(1960. 5. 23.)

연변역사 연구소자료: 3-D10 『왕일지, 장영 등 항일연군 노동지 좌담회』
    (1982. 9. 1.)

화룡현 해당자료:(1971. 1~9-8) 『대흥동대토벌』

화룡현 해당자료:(1971. 1-1-3) 『차정숙 열사자료』

화룡현 해당자료:(1971. 1~1-18) 『차정숙 오빠 차보균 자료』

『연변일보』(1981. 10. 14.) 『열혈소년—황금송』

『중국조선족소년보』(1986. 7. 24.) 『꼬마항일영웅 황금송』

『중국조선족소년보』(1986. 1. 30) 『굴할 줄 모르는 소년』(박호철)

『소년아동』(1987. 제11호) 『약수동의 애솔나무』(박호철)

『연변일보』(1981. 6. 25) 『연변의 초기 소선대 조직』

려영준 자료: 『나어린 혁명전사들』

려영준 자료: 『통신』

려영준 자료: 『꼬마영웅』

려영준 자료: 『박봉동 어린이를 회억하여』

『연화소선대 총부』(박상준 구술, 1971. 1. 21.)

『아동단시절의 회억』(최경숙 구술, 방연호 정리, 1983. 12. 5)

『당년암호 몇 가지』(훈춘현 남덕순 구술, 1960. 4. 10)

『제동아동단』(장승운 구술)

『우복동아동단』(김련옥 구술)

『소년투쟁』(고창일 구술)

『아동단이야기』(김윤기 구술)

차정숙 열사에 대하여: 최정옥 구술, 황옥순 구술(1982. 11. 11.)

김정애 구술, 차정회 구술(1981. 3. 8)

정기옥 열사에 대하여: 정세옥 구술, 황경운, 김원영 정리(1980. 11. 7.)

박호철 열사에 대하여: 정창근 구술(1981. 7. 22.) 류덕규 구술(1983. 3. 14)

『박춘일 항일회상기』 박봉동 어린이부분 173페이지－180페이지

항일 노선배 황정일 취재자료(리광인, 1988. 12. 4-12. 5)

항일 노간부 차정회 취재자료(리광인, 림선옥 1983. 10. 11)

항일 노간부 차정회 취재자료(리광인, 림선옥 1981. 3. 8)

항일투사 손태극 취재자료(리광인 1983. 3. 10)

항일 노간부 려영준 취재자료(리광인, 1991. 11. 17)

항일투사 황순옥 방문(리광인, 림선옥 1982. 11. 11.)

『화룡현 역사 견증자 좌담회』(리광인, 1983. 11. 3-11. 8)

『연변부녀운동좌담회』(리광인, 1982. 3. 26.)

리화순 열사의 여동생 리구진 취재자료(리광인, 림선옥 1984. 2. 25.)

항일투사 김승룡(약수동) 취재자료(리광인, 1986. 12. 16.)

항일투사 류덕규 취재자료(리광인, 1983. 3. 14.)

항일투사 최영림 취재자료(리광인, 림선옥 1984. 2. 25.)

항일투사 황순옥 취재자료(리광인, 림선옥 1981. 2. 13-2. 14.)

항일열사 박상활의 동생 박동활 취재자료(리광인, 1983. 1. 25.)

항일투사 황운룡 취재자료(리광인, 1981. 10. 11.)

항일투사 정창근 취재자료(리광인, 림선옥 1981. 7. 22.)

항일투사 박상준 취재자료(리광인, 1981. 7. 22.)

· 후 기 ·

선 열 들 찾 아 천 만 리

　열사전―『인물조선족항일투쟁사』를 정리, 출판하는 것은 필자
의 다년래의 오랜 염원이었다. 2003년 10월 15일, 전 4권으로 된
이 책의 타자와 교정을 마치니 가슴은 한없이 후련해났다. 이 나
날을 위한 노심초사는 그 얼마였던가, 돌이켜보면『선열들 찾아
천만리』의 첫 발자국은 30년 전으로부터 시작된 것 같다.

　1973년 1월, 고중시절을 마친 필자는 백두산 아래 두만강 상류
에 위치한 화룡현 광평농장에 자리 잡았다. 얼마 안되어『광평농
장사』를 편찬할 과업을 지니고 현 내 각지 답샇길에 올랐다. 갓
20살의 한창내기, 그때 필자는, 광평과 그 일대는 동북항일연군
제1노군 제2방면군이 활동했던 유서 깊은 고장이라는 것에 놀라
움을 금치 못하였다. 우리 겨레가 걸어온 피어린 항일투쟁사를
펴내려는 생각이 머리를 든 것도 아마 그 시기라 할까. 조선문
장편『혁명열사시초』등을 통하여 필자는 동북항일연군을 알고
양정우, 진한장, 주보중, 리조린을 알게 되었다.

　그 뒤 필자는 소원 성취하여 연변대학 조문학부 78년 급 학생으
로 되었다. 조선족항일투쟁역사를 공부하고픈 일념이 굴뚝같았다.
마침 중공당사를 가르치는 최후택 선생의 사심 없는 도움으로 필

자는 중공만주성위자료와 항일연군 자료 등 허다한 역사자료를 처음 접하게 되었고 하얼빈에 있는 '동북 열사기념관'을 견학하게 되었다. 이 열사기념관에서 필자는 조선족의 이름난 항일투사 김순희 열사를 알게 되었고 선색을 찾아 화룡현 약수동(오늘의 화룡시 투도진 약수동)에 가서 김순희 열사 투쟁사실을 취재하게 되었다.

때는 1980년 8월 3일이었다. 이를 시작으로 필자는 대학재학시절에 수십 명의 항일투사들을 방문, 취재하였고 수많은 역사자료들을 뒤지게 되었다. 이 기간에 필자에게 크나큰 도움을 주고 이끌어준 이는 연변주정협문사판공실의 항일노간부 량환준 노인이었다. 한데서 필자는 1982년 12월에 100명 조선족열사전을 펴낼 뜻을 세울 수 있었다. 대학을 마친 후 선후로 화룡현위 당사연구실, 연변일보사, 연변역사연구소에 근무하면서 상기 뜻을 펼치기 시작하였다. 『선열들 찾아 천만리』본격적인 행정차로 필자는 지난 80년대 선후하여 북경, 천진, 산해관, 청도, 상해, 남경, 항주, 소주, 남창, 구강, 광주, 서안, 연안 등지와 하북성, 동북 각지 취잿길에 나섰고 연변의 산과 들은 물론 두만강, 압록강을 답사하고 여러 독립운동전적지와 항일근거지, 전적지들을 답사하였다. 또 항일연군 제2군의 발자취를 따라 그제 날의 동만과 남만의 항일싸움터들을 두루 돌아보았다. 여러 해에 걸친 그 전반 노정은 수천수만 리에 달했다. 이 가운데서 필자는 보관서류관, 기념관, 박물관 등을 통한 역사자료 수집 작업을 제외하고도 선후 100여 명 항일투사와 역사의 견증자들을 찾아뵐 수 있었다. 이 가운데서 필자는 강렬한 사명감, 긴박감을 느끼지 않을 수 없었다. 필자가 정리하지 않으면 허다한 열사들은 영원히 햇빛을 보지 못할 수도 있고 이름조차 남길 수도 없게 된다. 이러한 사정은 필자를 항일열사정리에로 힘 있게 떠밀었다.

『선열들 찾아 천만리』 행정이 시작된 지도 어언 20여 년 세월이 지났다. 지금에 와서 80년대에 방문한 100여 명 항일투사들을 거의 다시 찾아볼 수 없는 실정이다. 그때 방문이 얼마나 다행인지 모르겠다. 이 기간 필자는 수차에 걸쳐 마침내 140명 항일열사전기를 정리해내게 되었다. 아내 림선옥의 도움이 컸다. 연변대학 한 기 선배인 아내는 대학시절의 자료 수집으로부터 자료 정리, 투사들 방문, 열사전기 정리에 이르기까지 살손을 대였는데 특히 항일여열사와 소년아동열사의 허다한 정리는 아내가 맡아나섰다. 쌍둥이 딸애들인 설이와 향이의 도움도 크다. 쌍둥이는 공부의 여가를 타서 근 100만 자에 달하는 전부의 타자를 맡아주었다. 아내와 쌍둥이 딸애의 도움이 없었더라면 『인물 조선족 항일투쟁사』(전 4권) 출판은 상상하기도 어려웠을 것이다.

이 『인물전기』에 오른 항일열사들의 이야기 거개는 선열들의 발자취를 더듬으면서 널리 조사하고 정리해 낸 것이다. 일부는 다른 사람들의 조사 정리에 기초하여 새로 정리했거나 새 자료에 기초하여 다시 썼다. 밝히고 싶은 것은 열사전기들을 서술하면서 완전히 역사사실에 준하였다는 점과 『소년아동 편』에서 필요에 따라 소년아동들의 항일이야기를 따로 아니라 한데 묶었다는 점이다. 조사, 수집의 실마리가 막히고 자료 등의 제한을 받아 마땅히 짚어야 할 열사들을 언급하지 못하고 부분적 열사의 똑똑한 연령, 초기 활동 등을 밝혀내지 못한 것을 자못 미안하게 생각한다.

이 계열책의 자료수집과 정리과정에 려영준, 량환준 등 항일투사들과 항일 노선배들, 항일유가족들, 최후택 등 교수, 학자님들의 사심 없는 지지와 배려를 받았다. 이에 뜨거운 사의를 표시

하면서 이제 곧 『선열들 찾아 천만리』를 집필, 출판하여 선후로
방문한, 이미 세상 뜨신 허다한 항일투사들의 투쟁업적을 세상에
널리 알릴 것을 감사한 여러 분들과 독자들에게 약속하는 바이다.

저 자

인물조선족항일투쟁사 제 4 권

• 초판 인쇄	2005년 10월 1일
• 초판 발행	2005년 10월 1일
• 지 은 이	리광인·림선옥
• 펴 낸 이	채종준
• 펴 낸 곳	한국학술정보㈜
	경기도 파주시 교하읍 문발리 526-2
	파주출판문화정보산업단지
	전화 031) 908-3181(대표)·팩스 031) 908-3189
	홈페이지 http://www.kstudy.com
	e-mail(e-Book사업부) ebook@kstudy.com
• 등 록	제일산-115호(2000. 6. 19)
• 가 격	12,000원

ISBN   89-534-3512-9 93810 (Paper Book)
        89-534-3513-7 98810 (e-Book)